Joseph Viktor Widmann

Jenseits von Gut und Böse

Schauspiel in drei Aufzügen

Joseph Viktor Widmann

Jenseits von Gut und Böse
Schauspiel in drei Aufzügen

ISBN/EAN: 9783743643888

Hergestellt in Europa, USA, Kanada, Australien, Japan

Cover: Foto ©Andreas Hilbeck / pixelio.de

Weitere Bücher finden Sie auf **www.hansebooks.com**

Jenseits von Gut und Böse.

Verlag der J. G. Cotta'schen Buchhandlung Nachfolger in Stuttgart.

Ebner=Eschenbach, M. v., Erzählungen.	Geh. M. 3.50.	Geb. M. 4.50.
Ebner=Eschenbach, M. v., Božena. Erzählung.	Geh. M. 3.50.	Geb. M. 4.50.
Ebner=Eschenbach, M. v., Margarete. 2. Aufl.	Geh. M. 2.—	Geb. M. 3.—
Fulda, L., Die Sklavin. Schauspiel.	Geh. M. 3.—	Geb. M. 4.—
Fulda, L., Das verlorene Paradies. Schauspiel.	Geh. M. 2.-	Geb. M. 3.—
Fulda, L., Der Talisman. Dramat. Märchen.	Geh. M. 2.—	Geb. M. 3.—
Heyse, Paul, Neue Novellen. 7. Auflage.	Geh. M. 3.50.	Geb. M. 4.50.
Kirchbach, W., Miniaturen. Fünf Novellen.	Geh. M. 4.—	Geb. M. 5.—
Lindau, R., Martha. Roman.	Geh. M. 5.—	Geb. M. 6.—
Madách, E., Die Tragödie des Menschen. Aus d. Ungar. übers. v. L. Dóczi. Dram. Gedicht. 3. Aufl.	Geh. M. 3.—	Geb. M. 4.—
Mauthner, F., Hypatia. Roman. 2. Auflage.	Geh. M. 3.50.	Geb. M. 4.50.
Petri, J., Pater peccavi! Roman.	Geh. M. 3.—	Geb. M. 4.—
Pohl, E., Vasantasena. Drama.	Geh. M. 2.—	Geb. M. 3.—
Sudermann, H., Frau Sorge. Roman. 19. Aufl.	Geh. M. 3.50.	Geb. M. 4.50.
Sudermann, H., Geschwister. 2 Novellen. 9. Aufl.	Geh. M. 3.50.	Geb. M. 4.50.
Sudermann, H., Der Katzensteg. Roman. 17. Aufl.	Geh. M. 3.50.	Geb. M. 4.50.
Sudermann, H., Im Zwielicht. 11. Auflage.	Geh. M. 2.—	Geb. M. 3.—
Sudermann, H., Sodoms Ende. Drama. 12. Aufl.	Geh. M. 2.—	Geb. M. 3.—
Sudermann, H., Die Ehre. Schauspiel. 10. Aufl.	Geh. M. 2.—	Geb. M. 3.—
Sudermann, H., Jolanthes Hochzeit. 15. Aufl.	Geh. M. 2.—	Geb. M. 3.—
Sudermann, H., Heimat. Schauspiel. 6. Aufl.	Geh. M. 3.—	Geb. M. 4.—
Widmann, J. V., Touristennovellen.	Geh. M. 4.—	Geb. M. 5.—
Widmann, J. V., Jenseits von Gut und Böse.	Geh. M. 2.—	Geb. M. 3.—
Wilbrandt, A., Novellen aus der Heimat.	Geh. M. 3.50.	Geb. M. 4.50.
Wilbrandt, A., Hermann Jünger. 2. Aufl.	Geh. M. 4.—	Geb. M. 5.—

☛ Zu beziehen durch die meisten Buchhandlungen. ☚

Jenseits von Gut und Böse.

Schauspiel in drei Aufzügen

von

J. V. Widmann.

Stuttgart 1893.

Verlag der J. G. Cotta'schen Buchhandlung

Nachfolger.

Druck der Union Deutsche Verlagsgesellschaft in Stuttgart.

Seiner Hoheit

Herzog Georg II. von Sachsen-Meiningen

und

Gemahlin Helene

als edelsten Beschützern und feinsinnigsten Pflegern
der dramatischen Kunst

in dankbarer Verehrung

zugeeignet.

Perſonen

der umſchließenden Handlung:

Robert Pfeil, Profeſſor der Kunſtgeſchichte.
Johanna, ſeine Gattin.
Dr. Loſſen, Naturforſcher und Arzt, ihr Bruder.
Victorine von Meerheim, junge Witwe.
Erwin von Wilpert, ihr Bruder.
Profeſſor Dr. Rau, alter Kollege Pfeils.
Dr. Förſterling, Privatdozent.
Pauline, Dienſtmädchen in Pfeils Hauſe.

der eingeſchloſſenen Handlung:

Sigismondo Malateſta, Fürſt von Rimini. (Robert Pfeil.)
Poliſſena, ſeine Gemahlin. (Johanna.)
Iſotta degli Atti, Adelige aus Rimini. (Victorine.)
Antonio, ihr Bruder. (Erwin v. Wilpert.)
Bertinoro, Leibarzt des Fürſten. (Dr. Loſſen.)
Baſinio, Vertrauter des Fürſten, Dichter. (Dr. Förſterling.)
Ugolino de Pili, einſtiger Lehrer des Fürſten. (Dr. Rau.)
Conti, Schriftſteller, Kammerherr des Fürſten.
Brugnoli, Geheimſchreiber des Fürſten.
Katai, tatariſche Sklavin Poliſſenas. (Pauline.)
Ein Kämmerer des Fürſten.

Ermelinda, deutsches Edelfräulein
Graf Borbona, ihr Oheim
} stumme Personen.

Herren und Damen des Hofes von Rimini. Pagen, Jünglinge,
Begleiter Antonios. Wachen. Volk von Rimini.

———

Die umschließende Handlung trägt sich in der deutschen Hauptstadt
und in der Gegenwart zu und spielt im Hause Professor Pfeils.

Die eingeschlossene Handlung spielt 1450 n. Chr. am Hof des Fürsten
Sigismondo Malatesta von Rimini.

Erster Aufzug.

Scene: Geschmackvoll eingerichteter Salon bei Professor Pfeil; alte
Gobelins an den Wänden. Links [vom Zuschauer] eine Thür nach
dem Studierzimmer des Professors, rechts eine solche nach dem
Boudoir seiner Gattin. In der Mitte des Hintergrundes die Haupt-
thür, durch welche Besucher einzutreten pflegen; links an der Hinterwand ein Divan, mit einem Tigerfell oder kostbaren Teppich von
orientalischem Muster bedeckt. Später Märznachmittag; doch werden
die Lampen erst im Verlaufe des Aktes angezündet.

Erster Auftritt.

Pauline, Dienstmädchen beim Professor, ist im Begriff, mit der
großen, unangezündeten Lampe, die sie vom Tisch genommen hat,
durch die Mittelthür abzugehen, als ihr daselbst Dr. Lossen, von
außen eintretend, begegnet. Er trägt einen grünen Arbeitsschurz
über seiner dunkeln Kleidung; Haar und Vollbart sind leicht ergraut;
ernste, männliche Züge mit dem Ausdruck von Wohlwollen.

Dr. Lossen.

Zurück, Jungfer Pauline, zurück! Setzen Sie die
Lampe nur wieder dort auf den Tisch ... So ... Und
nun kommen Sie mal her und sehen Sie mir fest ins
Gesicht.

Pauline.

Sie könnten einem Angst machen, Herr Doktor. Was
gibt's denn?

Dr. Lossen.

Sie sind es doch, die in meinem Zimmer oben auf-
zuräumen pflegt?

Pauline.

Du lieber Gott — aufräumen! Wer könnte das, und wer dürfte es sich unterstehen! Alle Tage ein bißchen den ärgsten Staub abwischen hat mich die Gnädige geheißen, mir aber strengstens anbefohlen, Ihre afrikanischen Sachen nicht weiter zu berühren.

Dr. Lossen (mehr für sich).

Die gute Schwester kennt meine Empfindlichkeit in diesem Punkt.

Pauline.

Und es fällt mir wahrhaftig nicht schwer, mich an die Weisung der Frau Professor zu halten; Ihre Schlangen in den Gläsern, die gräßlichen Spinnen oder Krebse und Käfer und nun gar die Gerippe und Menschenschädel lasse ich nur zu gerne unberührt.

Dr. Lossen.

Schon gut. Gleichwohl fehlt mir seit gestern ein Fläschchen mit einem weißen Pulver. Anfangs glaubte ich, ich müßte es selbst irgendwie verlegt haben, obwohl ich weiß, daß mir das eigentlich niemals passiert. Nun, nachdem ich jeden Winkel im Zimmer, jede Schublade, selbst die Taschen meiner Kleider danach durchsucht habe, bleibt mir nichts anderes übrig, als zu vermuthen — was sage ich! — mit aller Bestimmtheit zu glauben, daß es weggenommen wurde. Denn daß das Fläschchen nicht von selber auf Reisen gegangen ist, braucht wohl nicht erst bewiesen zu werden.

Pauline.

Sie denken doch nicht, daß ich das Fläschchen weggenommen habe?

Dr. Lossen.

Das will ich zu Ihrem eigenen Besten hoffen. Denn es enthält ein furchtbares Gift.

Pauline.

O! das weiß ich, Herr Doktor. Ich kenne das Fläsch=
chen sehr gut; es steht darauf „Arsenic", und ich weiß
auch, daß Sie's brauchen, um die Vogelbälge einzupfeffern
gegen die Maden. Unsereiner ist nicht so ungebildet.
Wenn ich schon dienen muß, habe ich doch die Oberschule
besucht und gelernt, daß Arsenic französisch ist und auf
deutsch Rattengift heißt.

Dr. Lossen.

Nun, liebes Kind, ich glaube wahrhaftig nicht, daß
Sie jemals beim Anrichten der Suppe Arsenik mit Koch=
salz verwechseln werden. Wenn ich mir vorstelle, daß
das Gift irgend einem menschlichen Wesen in Ihrer Hand
gefährlich werden könnte, so habe ich nur Sie selbst da=
bei im Auge. Mein Gott, man hat Beispiele. Geheimer
Liebesgram ...

Pauline (entrüstet).

Herr Doktor, nun bitt' ich, hören Sie auf und lassen
Sie mich gehen; Ihr Fläschchen hab' ich nicht. Sie wer=
den es gewiß finden, und wenn Sie es gefunden haben,
dann, hoffe ich, wird es Ihnen leid thun, daß Sie einem
anständigen, unbescholtenen Mädchen wie mir so was zu=
trauen konnten.

(Mit der Lampe erbittert ab.)

Dr. Lossen (ihr nachsehend).

Sie hat es nicht. Das war die echte Entrüstung
der durch ungerechten Verdacht gekränkten Unschuld ...
Aber nun — wer sonst im Hause hat es? Meine Sorge
wächst nur, nachdem meine erste Vermutung die leichte
Lösung nicht gebracht hat, die ich hoffte. Nun heißt's,
mit doppelter Vorsicht zu Werke gehen.

Zweiter Auftritt.

Frau Johanna. Der Vorige.

Frau Johanna.

Ah — du bist's, Bruder? Ich glaubte, mein Mann ...
(Geht an die Thür, die zum Studierzimmer führt.) Noch immer
dieser Doktor Försterling bei ihm. Was nur gerade der
immer bei Robert zu suchen hat! (Sich umwendend, zu
Dr. Lossen.) Warst du im Begriff hineinzugehn?

Dr. Lossen.

Das nicht; ich bin nur rasch herabgekommen, mitten
aus meiner Arbeit, um mit Pauline was zu verhandeln.

Frau Johanna.

Mit Pauline?

Dr. Lossen (sie von da an immer scharf ins Auge fassend).

Ja! ich vermisse einen Gegenstand —
(Frau Johanna unruhig, überhört scheinbar, was Dr. Lossen sagt
und setzt sich in einen Fauteuil, ihm das Profil, den Zuschauern
ihr erregtes Antlitz zuwendend.)

Dr. Lossen (fortfahrend).

Es ist zwar kein Gegenstand von besonderm Wert. Das
heißt, wie man so will. Denn schließlich — was einen
zum Herrn über Leben und Tod macht, ist unter Um-
ständen nur zu wertvoll; gerade darum aber möchte ich
nicht, daß es in unrechte Hände geraten wäre ... Aber
— du fragst nicht einmal, was ich vermisse. Bist Du
so gar nicht neugierig, es zu erfahren?

Frau Johanna (ohne ihn anzusehen).

Was ist es denn?

Dr. Lossen.

Gift.

Frau Johanna

(ist leicht zusammengezuckt; sich sofort sammelnd, mit erkünstelter Ruhe).

Nun ja, das konnte ich mir nach Deiner Einleitung eigentlich denken.

Dr. Lossen.

Du sagst das so ruhig. Es ist das Fläschchen mit Ar=senik. Stelle dir doch vor, was es auf sich hätte, wenn z. B. so ein dämliches Frauenzimmer wie deine Pauline ...

Frau Johanna.

Bitte, Pauline ist ein ganz kluges und treues Mädchen.

Dr. Lossen.

Sei es so; sie ist immerhin vom Lande, wo sich die Leute oft die wunderbarsten Vorstellungen machen von den gegen alle möglichen Uebel heilsamen Medikamenten, die man bei einem Arzte finden mag.

Frau Johanna.

Ich kann mir's nicht denken.

Dr. Lossen.

Auch stellt sie es bestimmt in Abrede. Uebrigens — wenn sie oder sonst jemand — von mir jemals ein Schlaf=mittel brauchen sollte, so hätte ich hier eines, das ganz gefahrlos ist. (Zieht ein Döschen hervor.)

Frau Johanna (hinblickend).

Was ist es?

Dr. Lossen.

Weder Chloral noch Morphium, noch irgend eines der bisher in Europa bekannten Mittel; doch dürfte es seine Zukunft haben, wenn man es sich erst bei uns wird ver=schaffen können. Ich selbst bin auf eigentümliche Weise in seinen Besitz gelangt.

Frau Johanna

(lebhafter als bisher; man merkt ihr an, daß sie hofft, dem Gespräch
eine andere Wendung zu geben).

Das mußt du mir erzählen; das kann ja eine ganz
wichtige Entdeckung sein.

Dr. Lossen (setzt sich ihr gegenüber).

Im Ramaqualande war's. Unter den Giraffen=
Akazien hatten wir unser Lager aufgeschlagen. Aber einer
schlimmen Nacht sah ich entgegen, vor Schmerzen im Fuße,
in den die Sandzecke sich eingenistet hatte. Meine schwarzen
Bursche, die Ochsentreiber, hockten ums Feuer her. Noch
sehe ich sie, wie sie, mit an den Leib gedrückten Knieen,
saßen und berieten, wie mir zu helfen sei; mein Zu=
stand dauerte sie. Ihren Reden lauschte auch der grau=
haarige Hererohäuptling, den wir an jenem Tag als
Führer angeworben hatten. Als er endlich begriff, um
was es sich handelte, zog er ein Beutelchen hervor mit
weißgelbem Pulver ... eben solchem, wie hier im Dös=
chen ... (hält es ihr hin) und streute in die Zigarette, die
ich eben rollte, nur eine winzige Prise des feinen Staubes.
Schlafen — bedeutete er mich — schlafen würde ich,
schlafen, wie das Gras der Karoo schläft, wenn mit Sonnen=
untergang der Wind sich gelegt hat, und fern sein würde
ich in meinem Schlaf meinem gegenwärtigen Zustande,
wie die Mondesscheibe, die eben groß und rot am Wüsten=
saume emporstieg, bald hoch über der Erde schweben
werde. Wahrhaftig, er hatte recht, der alte wetterharte
Bursche! Wenige Züge nur, so sank ich hin und schlief
wie nie zuvor, so jenseits dieser Erdenwelt und doch voll
seltsamer Bilder und Erinnerungen an sie. Ein wunder=
barer Schlaf! „Dacha" nannte er sein Mittel. Aber die
Pflanze, von der es genommen wird, und wie sie es zu=
bereiten, wollte er mir andern Tages um keinen Preis
nennen. „Der weiße Mann mag den Tag beherrschen,
der weiß ist gleich ihm; die Nacht soll er uns armen

Schwarzen lassen; sie ist unsere Mutter —" das war seine Rede. Das Höchste, was ich erlangen konnte, war, daß er mir die Hälfte seines Vorrates abließ.

Frau Johanna.

Ein merkwürdiges Mittel! In früheren Zeiten hätte sich einer, im Besitz desselben, für einen Zauberer aus= geben können. Du wirst doch dieses Erlebnis in deinem Buche nicht vergessen?

Dr. Lossen.

Gewiß nicht, wenn ich erst soweit bin, ans Schreiben denken zu können. Erinnere dich, daß ich vor einem Monat noch auf dem Meere schwamm; noch liegt mir die Reise in den Gliedern; kaum daß ich mich zu den notwendigsten Arbeiten aufraffe. Und nun vollends in Euerm verführerisch behaglichen Heim. (Sich umdrehend.) Wirklich wunderschön bei Dir, Schwesterchen! Wie das so einem Afrikaner vorkommt, seine von den Ochsen= karren halb zermalmten Knochen auf den Polstern eurer Zivilisation zu dehnen ... Die paar unbequemen, aber desto stilvolleren alten Stühle muß man dem Professor der Kunstgeschichte schon verzeihen. Die Gobelins vollends sehen so furchtbar frührenaissancehaft aus, daß er sogar „Ordentlicher" sein dürfte. Nun, ihr habt's ja; Ihr könnt den Ordinarius in Ruhe abwarten. (Sie scharf fixie= rend.) Du mußt doch recht glücklich sein, Johanna. (Kleine Pause.) Wie? Du schweigst?

Frau Johanna.

Laß das.

Dr. Lossen.

Ha! Das klingt ja wie der Ton einer Saite, die zu straff gespannt ist.

Frau Johanna (aufstehend).

Laß — ich bitte Dich.

Dr. Loſſen.

Wie? Da wäre etwas, das meiner Schweſter Pein macht, und ich — ich ſollte es nicht erfahren?

Frau Johanna.

Wozu?

Dr. Loſſen.

Natürlich um zu raten, um beizuſtehn, und weil es ſchon erleichtert, wenn man ſeinen Kummer ausſprechen kann.

Frau Johanna.

Nein! rüttle nicht daran; rege nicht auf, was viel= leicht gar nicht iſt, was vielleicht erſt wird, indem man es nennt.

Dr. Loſſen.

Nun einmal ſo etwas! „Was vielleicht gar nicht iſt! was erſt wird, indem man es nennt!" Alſo Geſpenſter am hellen Tage?

Frau Johanna.

Geſpenſter, ja — Dämonen ... nenne es, wie du willſt.

Dr. Loſſen.

Dämonen! Bin ich noch im Angra Pequena=Lande, wo als Dämonen die verſtorbenen Ahnen, die Ovakuru, nachts um den Kraal ſchleichen, Milch naſchen, Schlafende anhauchen und Menſch und Vieh bezaubern? Vor meiner Ochſenpeitſche aber hat keines dieſer Geſpenſter je Stand gehalten.

Frau Johanna.

Du haſt ganz recht, zu ſpotten. Warum auch ließ ich mich ſo weit gehen. (Will fort.)

Dr. Loſſen (ſie bei der Hand nehmend.)

Nein Schweſter! Nun bitte ich — deutlicher! Ich ſeh' den feuchten Schimmer in deinen Augen, ich ſeh' mehr als das — etwas Verstörtes in deinen sonst so sanften, freundlichen Zügen. Und nachdem deine Lippen zögernd und wider Willen es bestätigt, daß etwas nicht ist, wie es sein sollte, willst du mich hier stehen lassen — Johanna, deinen Bruder, der ja einst auch ein bißchen dein Vater war —, willst mich in Sorgen hier lassen?

Frau Johanna.

Es gibt Dinge, die schlimmer werden, wenn man von ihnen spricht.

Dr. Lossen.

Es gibt Herzen, die brechen, wenn sie die Fülle des Grams in sich verschließen müssen.

Frau Johanna.
Es gibt auch Leiden, die ein dritter nicht begreift.

Dr. Lossen.

Ein dritter! — Also ist es zwischen dir und deinem Manne, was dich bekümmert. Da bin ich freilich über= flüssig, und es wäre wohl am besten, ich räumte sofort die gastliche Stube, die ihr mir in eurem schönen Hause ein= gerichtet habt. Möglicherweise bin ich selbst — unwissentlich — Veranlassung eures Zwistes.

Frau Johanna.

Aber wer spricht denn von Zwist! Mein Robert ist der edelste, beste Mann . . .

Dr. Lossen.
So schien er mir auch.

Frau Johanna.

Um so größer mein Verlust, wenn geheime Gewalten mir ihn rauben!

Dr. Lossen.

Geheime Gewalten? Da haben wir wieder deine Ge=
spenster, deine Dämonen.

Frau Johanna.

Nun — ist es nicht etwa dämonisch, wenn selbst aus
seinen Büchern, aus seinem Berufsstudium die Geister auf=
stehen, die Wolken gleich den Himmel unseres bisherigen
Glückes verfinstern?

Dr. Lossen.

Aus seinem Berufsstudium?

Frau Johanna.

Er schreibt an einem Buche über die Malatesta von
Rimini.

Dr. Lossen.

Ich weiß. Er zeigte mir vorgestern die Abbildungen
ihrer alten Rüstungen; die Elefantenköpfe, die sie im
Wappen führten, haben mich am meisten interessiert. Ein
gutes Sinnbild für „mala testa“, so ein rauhes, mit
Stoßzähnen und Rüssel bewehrtes Elefantenhaupt.

Frau Johanna (erregt).

Es sind — und das ist das Dämonische — bewunderns=
werte Frevler gewesen. Keine Furcht in ihren Herzen, aber
auch keine Treue. Blick, Begier, That — ein Blitzschlag.
Schönheit ihre Göttin, heiße Leidenschaft ihr Atem. Mörder,
die über ihren Opfern marmorne Tempel der edelsten
Kunst bauen und mit Philosophen lächelnd über Liebe
disputieren, während ihr gefangener Feind — wo nicht
ihr einstiger Freund! — im Kerker auf der Folter liegt;
Verbrecher, aber mit dem lorbeergeschmückten Haupte von
Heroen, so schön als ruchlos, so stark als verderblich.

Dr. Lossen (ihr spaßhaft die Hand schüttelnd).

Frau Professor Johanna!

Frau Johanna

(mit mattem Lächeln, das sofort wieder verschwindet).

Vergiß nicht, daß ich seine Manuskripte ins Reine schreibe und die letzte Zeit ganz in seiner Arbeit gelebt habe.

Dr. Lossen.

Nun sehe ich aber noch immer nicht ein . . .

Frau Johanna.

Ich sagte es ja, daß ich's nicht zu sagen weiß, da das Wort die Empfindung zu grob wiedergibt. Nur fühle ich, wie er allmählich ganz in diese Gestalten hineingewachsen ist und nun selbst beginnt, ihr Idol der rücksichtslosen Kraft, der unbedenklichen Selbstsucht, anzubeten.

Dr. Lossen.

Nun, dieses Idol schlummert vielleicht nicht nur in den Sarkophagen, welche die Asche jener alten Gewalt= menschen bergen; oder diese Asche fliegt vielmehr, wie ein von Insekten getragener Blütenstaub, durch unser Zeitalter dahin. Glaubst du, daß der moderne Fin-de-siècle-Mensch erst einen Renaissancemenschen nötig hat — etwa einen Macchiavell —, um für den schrankenlosen Egoismus, der unsere Gegenwart beherrscht, eine vornehm klingende Theorie, ein System aufzustellen? Das besorgen unsere eigenen Poeten und Philosophen, die seit einem Jahrzehnt sich bemühen, die sittliche Welt auf die Fundamente Stark und Schwach statt wie bisher auf Gut und Böse zu stellen. „Neu= wertung der Moral" nennen sie's, als ob die Kronjuwelen des Menschengeschlechtes gleich irgend einer Landesmünze nur so ohne weiteres außer Kurs gesetzt werden könnten. Doch — erlaube mir, Kind — solcher Schwindel wirft einen Mann wie den deinen nicht gleich um.

Frau Johanna.

Wenn diese Ideen nicht außerdem noch Fleisch und

Blut geworden wären in Menschen, die auf ihn einbringen,
Fleisch und Blut von — verführerischem Inkarnat.

Dr. Lossen.

In einem Weibe also! Nun, sehe ich, kommen wir
zur Sache.

Frau Johanna.

Nimm's nicht leicht, Franz, nachdem du mich nun
doch einmal — ich weiß selbst nicht, wie — zum Sprechen
gebracht hast. Es ist ein unheilvoller Zufall, daß diese
Baronin Meerheim mit uns bekannt werden mußte eben
jetzt, da seine Phantasie — siehe! ich durchschaue ihn ganz,
daher sage ich: seine Phantasie, nicht sein besseres Herz
— da seine dichterische und wohl auch ein klein wenig
pedantische Phantasie von diesen Malatestafürsten ganz
erfüllt ist. Wahrhaftig! es ist etwas Pedanterie dabei,
daß die Sünde ihn vornehmlich lockt, weil er ihr den
prunkenden Mantel seiner Renaissancestudien umhängen
kann. Wäre es doch nur ein Spiel! Aber — wenn es
auch von seiner Seite nicht mehr als das sein sollte —
diese Baronin Meerheim ist nicht gleich den Luftgestalten,
die ein Dichter kommen und gehen heißt, wie Prospero
die Geister seiner Zauberinsel; sie ist ein Weib, das ent=
weder ihn selbst will, oder dann, durch ihn, den sie an
sich fesselt, Gott mag wissen, welche andern Ziele zu er=
reichen hofft. Oft scheint sie mir mit seinem andern bösen
Genius, diesem Doktor Försterling, verbündet; beide kalte,
berechnende Naturen, Robert mit seinem leicht aufwallenden
Herzen zwischen ihnen, und durch sie mir täglich mehr
entfremdet. (Sehr innig.) Ich schwöre dir, Franz! nicht ge=
meine Eifersucht erregt mich so. Es ist wie ein mütterliches
Fühlen dabei. Wohl möchte ich ihn mir behalten und kann
ihn der andern nicht lassen. Aber vor allem: sie sollen mir
ihn nicht verderben. Ich will ihn rein und gut und edel
haben, wie er sich in den drei Jahren unserer glücklichen Ehe
bis auf diese letzte böse Zeit immer bewährt hat.

Dr. Lossen.

Wie du mir das alles so darlegst — man muß es dir glauben, es scheint wirklich etwas daran zu sein, Schwester. Indessen, mit Zeit und Weile wird sich schon eine Aenderung schaffen lassen — eine längere Reise...

Frau Johanna (sehr entschlossen).

Aber um Zeit und Weile handelt es sich nicht. Es handelt sich um sofortige Entscheidung. Und gerade heute!

Dr. Lossen.

Wie nun das?

Frau Johanna.

Das Maskenfest der Künstler findet diesen Abend statt. Robert geht hin im Kostüm seines Lieblingshelden, des Sigismondo Malatesta. Sie, die Baronin — sie gibt sich nicht einmal mehr die Mühe, den Schein zu wahren —, wird als Isotta den Ball mitmachen. So hieß die Geliebte des Sigismondo, der er seine Gemahlin aufopferte.

Dr. Lossen.

Nun, das bißchen Komödienspiel in den Redouten- sälen, wo jedermann Mummenscherz treibt, kann dich doch im Ernste nicht beleidigen. Amüsiere dich mit ihnen, ohne ihnen etwas zu merken zu geben.

Frau Johanna.

So dachte ich noch bis gestern. Ich sollte im Kostüm der Polissena hingehen, der fürstlichen Gemahlin Sigis- mondos. In meinem Zimmer drüben liegt's. Damals, vor Wochen, als wir das so ausmachten, dachte ich nichts Arges dabei. Aber seither ist alles anders gekommen. In einer für mich unsagbar kränkenden Weise mehrten sich die zudringlichen Annäherungsversuche der Baronin. Unter dem anscheinend so natürlichen und unschuldigen Vorwand,

ihr Kostüm, ihre Rolle als Isotta besser kennen zu lernen, er=
schien sie alle Augenblicke bei Robert oder sandte ihm täglich
eines ihrer parfümierten Billets, mengte sich in seine
historischen Studien, größtes Interesse erheuchelnd. Bald
will sie das Faksimile eines Briefes Isottas an Sigis=
mondo sehn, bald muß ihr Robert eine Statue oder ein
Relief aus dem Malatestatempel nach einem alten Stich
abzeichnen, und sie dankt ihm mit einem ganzen Korb
duftender Nizzablumen. Sie hat Italienisch zu treiben
angefangen, und wenig fehlte, so hätte Robert, dem doch
in der letzten Zeit, da er nun seine Arbeit mit dem Winter=
semester abzuschließen gedenkt, jede Stunde kostbar ist, sich
ihr als Sprachlehrer angetragen. Diese feinen Huldigungen
haben seinen Sinn ganz verwirrt; er ist in die seidenen
Maschen ihres Gewebes verstrickt, und heute — ich weiß
es, ich fühle es mit dem sichern Ahnungsvermögen der
Liebe — heute zieht sie das Netz zu auf diesem unglück=
seligen Maskenfeste, wo die Freiheit des Vergnügens dem
kühnsten Unterfangen den Charakter des Scherzes, des
Spiels verleiht, eines Spieles, bei dem es ihnen nur zu
bitterer — oder soll ich sagen: süßer? — Ernst ist! Wenn
ich nun hinginge, als Polissena hinginge, es wäre eine
Selbstironie ohnegleichen. Das Kostüm der verlassenen,
verstoßenen, ja ermordeten Gemahlin konnte die glückliche,
ihres Mannes sichere, seiner Treue gewisse Gattin getrost
tragen; aber ein brennendes Nessusgewand wäre es —
dem unglücklichen Weibe!...

(Schlägt die Hände vors Gesicht und eilt in ihr Zimmer.)

Dr. Lossen

(nach ihrem plötzlichen Abgang erst einen Augenblick wie erstarrt,
dann sehr heftig).

Wetter! sie hat das Gift! — — Denn daß er...
nein! zu unsinnig. Verrannt kann er sein, aber niemals
ein Verbrecher. Eine verdammte Geschichte! — Ich möchte
für nichts gutstehen diese Nacht, wenn er mit der Baronin

den Ball besucht, und sie, die Schwester — allein mit
ihren traurigen Gedanken. — Dem Schwager zureden?
Es stünde mir nicht an und könnte leicht das Uebel
schlimmer machen. Aber etwas muß geschehen! (Stimmen
im Studierzimmer des Professors.) Holla! da wird's lebendig;
der Besuch scheint sich zu verabschieden; ich möchte ihnen
jetzt nicht in den Weg kommen.

(Geht rasch ab durch die Mittelthür.)

Dritter Auftritt.

Im Augenblick, da Dr. Lossen durch die Mittelthür abgegangen ist,
kommt aus dem Studierzimmer Dr. Försterling, ein Blatt Papier
in den Händen, und sucht die Mittelthür zu gewinnen; hinter ihm
drein Professor Robert Pfeil.

Robert.

Das Blatt zurück, Doktor! im Ernst! . . .

Försterling

(an der Mittelthür sich so postierend, daß er jeden Augenblick flüchten
kann; Hut und eleganten Stock hält er in der andern Hand).

„Im Ernst"? Bester Professor! Wie kann von Ernst
die Rede sein bei diesem köstlichen Spaß? Ich habe das
Blatt, und ich liefere es nicht aus, außer — an die be=
rühmte sechste Großmacht, Sie wissen, die mit den fünf=
undzwanzig schwarzen Armeekorps.

Robert.

Drucken wollten Sie's lassen?

Försterling.

Womöglich noch heute. Die Zeitungen werden sich
darum reißen. Ist doch beinahe jede wie ein altrömischer
Zirkus, der alle paar Wochen seinen vor die Löwen ge=
worfenen Christen haben muß.

Robert.

Ganz recht, es wäre eine Grausamkeit.

Försterling.

Aber an wem? an dem alten Rau, dem Schwätzer!

Robert.

Er war mein Lehrer, wirkt noch jetzt im selben Fache wie ich.

Försterling.

Das heißt, daß er den Posten einnimmt, der Ihnen längst gebührt.

Robert.

Um so weniger darf von mir aus etwas gegen ihn unternommen werden. (Mehr zu sich selbst.) Ich weiß überhaupt nicht, wie ich nur dazu kam, so was zu schreiben — soviel Bosheit. Ich glaube, es war ein Spiel, wie wenn in alten Zeiten ein Alchimist ein paar Gifte abwog und mischte, um zu sehen, was dabei herauskomme. Aber ich will doch niemand vergiften! (Wieder zu Försterling.) Darum her mit dem Blatt!

Försterling.

Nun muß ich selbst im Ernst sprechen, verehrter Freund! Verstehen Sie denn nicht, daß Sie diese „Etrurische Vase", diese vernichtende Satire auf die Ignoranz des alten Herrn, schreiben mußten, weil auch in Ihnen die gesunde Kraft wirkt, durch welche jedes Geschöpf der Natur das aus dem Wege räumt, was seine volle Entwicklung hemmt? Man muß sich ausleben! Das ist höchstes, ja einziges Gesetz des Daseins. Jeder Baum im Walde, der den starken Wipfel über die andern zum Lichte emporrängt, lehrt es uns.

Robert.

Aber ich weiß, daß ich's bloß zu meiner Unterhaltung

schrieb. Sie müssen mit Ihrem Sperberblick auch gleich alles sehen, was so herumliegt.

Försterling.

Gut, daß ich es sah. Sie hätten das Herz, so was umkommen zu lassen. Und doch schreit dieses Blatt ordentlich wie die Aepfel im Märchen, die geschüttelt, wie die Brote, die aus dem Ofen genommen sein wollten: „Druck mich! Druck mich!"

Robert.

Nimmermehr!

Försterling.

Selbstverständlich ohne Ihren Namen.

Robert.

Auch so nicht.

Försterling.

Aus sogenannter „Pietät" vor dem alten Pedanten?

Robert.

Aus Pietät vor seinem Alter.

Försterling.

Ah so! (Kleine Pause.) Von dem großen Eisenbahn= unglück haben Sie doch gehört?

Robert.

Wie kommen Sie plötzlich darauf?

Försterling.

Hm! gegen hundert Personen verloren das Leben, als die morsche Eisenbahnbrücke zusammenbrach.

Robert.

Gewiß! gewiß! ich habe davon gelesen; es war schrecklich genug. Aber was soll das hier?

Försterling.

Es war eben auch so ein Pietätsakt; man scheute sich — jemand hätte das übelnehmen können —, das alte Eisen dorthin zu werfen, wohin es gehörte, nämlich zu seinesgleichen, bis es dann endlich von selber ging, aber wie!

Robert.

Was Sie für Gedankensprünge machen! Doch stimmt der Vergleich nicht ganz. Professor Rau —

Försterling.

. . . „liefert keine Toten wie die eingestürzte Brücke", wollen Sie sagen. Nun? Geht etwa Leben von ihm aus? Dauert Sie die Schar junger Männer nicht, die seine Vorlesungen besucht, nur weil er auch Examinator ist, und die wahrhaftig nicht mehr aus dem Kolleg hinausträgt als hinein? Mir scheint, allerdings liefere ein solcher akademischer Lehrer Tote.

Robert (nachdenklich).

Das ist freilich wahr.

Försterling.

Und soll es denn immer nur Pietät geben für zähe Mumien? Keine für blühendes junges Leben? Erinnern Sie sich doch gefälligst, daß derselbe Meergreis, den Sie schonen wollen, selbst keine Schonung übt. Wer schikaniert auf die unwürdigste Weise die jungen Leute im Examen? Er ist es doch auch vornehmlich, der den jungen von Wilpert, den Bruder unserer liebenswürdigen Baronin Meerheim, nicht zum ersehnten Doktorhut will gelangen lassen.

Robert.

Müssen Sie mich auch daran erinnern?

Försterling (beiseite).

Getroffen!

Robert.

Es ist in der That ein häßlicher Zug an dem alten Herrn, daß gerade er, der mit der Entwicklung unserer Wissenschaft nicht fortgeschritten ist, andern den Zutritt zur akademischen Stadt möglichst erschwert, sie im engen Pförtchen einzuklemmen oder es ihnen gar vor der Nase zuzuschlagen sucht.

Försterling.

Die alte Fabel vom Hund auf dem Heubündel und dem Ochsen.

Robert.

Wirklich, er verdiente einmal eine Lektion.

Försterling.

Nun, sehen Sie, daß wir uns einigen? Machen wir eine ehrliche Rechnung: der Mann steht Ihnen im Wege, darum schonen Sie ihn, und darum wird dieses Blatt nicht gedruckt.

Robert (will danach greifen).

Also in den Papierkorb . . .

Försterling (es ihm entziehend).

Halt! Die andere Hälfte der Gleichung, und dann erst das Resultat: Es ist aber außerdem eine Pflicht gegenüber der akademischen Jugend, ihn unschädlich zu machen, sobald man das Mittel dazu in der Hand hat. Folglich schonen wir ihn nicht, und das Blatt wird gedruckt.

Robert.

Falsche Gleichung! Die beiden Ansätze heben sich gegenseitig auf.

Försterling.

Sie vergessen einen Koeffizienten: das Mittel oder die Waffe. Wenn wir die nicht hätten, so hielten sich

Schonung und Nichtschonung das Gleichgewicht. Aber die
Waffe haben wir. Hier schwinge ich sie. Also — zum
frischen, fröhlichen Krieg! (Will enteilen.)

Robert (ihn haltend).

Nein! nein! — noch kurze Schonzeit für den Alten.

Försterling (unwillig).

Wie lange noch?

Robert.

Nur diese eine Nacht noch.

Dr. Försterling (ihn fixierend).

Warum gerade diese Nacht noch? — Welche Schwäche!

Robert.

Was weiß ich! Wir treffen uns ja auf dem Masken=
fest und können's noch bei einem Glase Sekt besprechen.

Försterling.

Hoffentlich haben wir da fröhlicheren Unterhaltungsstoff!

Robert.

Doch wär's ganz im Kostüm der Malatesta, mitten
im Rausche des Tanzes eine kleine Hinrichtung anzuordnen.

Försterling.

Ja, wenn Sie's so nehmen, so kann ich mich noch
gedulden. Da. (Giebt ihm das Papier zurück.) Aber morgen
spätestens hole ich mir's wieder. Addio!
(Ab durch die Mittelthür.)
(Die [elektrische] Hausglocke deutet hier einen neuen Besuch an.)

Robert.

Ich hätte es ihm ebensogut gleich lassen können. Am
Ende stecke ich's ein und gebe es ihm auf dem Ball.
(Ab in sein Studierzimmer.)

Vierter Auftritt.

Victorine von Meerheim, ihr Bruder Erwin v. Wilpert, Dienstmädchen Pauline.

Victorine.

Melden Sie mich der Frau Professor. Das heißt,
wenn sie nicht zu leidend ist. Sonst würde ich mir erlauben, nur hier zu warten, bis mein Bruder mit dem
Herrn Professor Rücksprache genommen hat.

Pauline.

Zu dienen, Frau Baronin.   (Ab ins Zimmer rechts.)

Victorine (zu Erwin).

Wir werden nun gleich wissen, Erwin, ob du diese
Nacht bei der Professorin Dienst hast oder frei bist. Von
ihrer Freundin Hildegard hörte ich, daß sie vielleicht das
Fest gar nicht mitmacht. Kopfweh, Nerven ... Du weißt.

Erwin.

Welches Glück, wenn ich mich auf eigene Faust her-
umtreiben könnte. Zwar — sie ist eigentlich verdammt
pikant, ja, eine eigenartige Schönheit, aber auch unheim-
lich gescheit, zu gescheit für mich.

Victorine.

Gut, daß du das wenigstens einsiehst. Wenn sie
aber kommt, darfst du dich ihr nicht entziehen, du mußt
durchaus ihr Kavalier sein. Du weißt, daß es sich um
deine Doktorpromotion handelt; da kann man mit Pro-
fessorsgattinnen gar nicht zu liebenswürdig sein.

Erwin.

Na, na! Schwester! Denke nur nicht, daß ich so
dumm bin, nicht zu merken, wie du mit dem Professor

gerne ungestört sein möchteſt. Das wird alles auf Konto
meiner unglückſeligen Promotion abgeladen und iſt doch
auch deine eigene Angelegenheit.

Victorine.

Undankbarer! Sollte ich nicht längſt zu Hauſe vor
meinem Trumeau ſtehen, um mich für den Ball anzu=
ziehen? Statt deſſen diplomatiſiere und antichambriere ich
bei Profeſſoren herum und fülle die Lücken deiner Kolle=
gienhefte mit —

Erwin.

Deiner reizenden Erſcheinung aus.

Victorine.

Gut, gut, Damen Artigkeiten zu ſagen iſt noch das
Einzige, was du überhaupt in zwölf Semeſtern gelernt
haſt. Nun ja, ich verſtehe deine proteſtierende Hand=
bewegung; auch Reiten und Fechten und das feinſte Menü
für ein zweites Frühſtück ausdenken, verſtehſt du aus dem ff.
Es iſt eigentlich entſetzlich, da du weißt, daß der Oheim
ſeine fernere Unterſtützung vom Doktordiplom abhängig
macht. Marſch hinein, zum Profeſſor! Und nimm dich
zuſammen. Nicht ſo kavallerielieutenantsmäßig am Schnurr=
bärtchen gedreht, als ob du zum Czardas antreten woll=
teſt. Bleibe auch nicht länger, als unumgänglich not=
wendig, ſo ſprichſt du nicht zuviel — geiſtreiche Sachen.
Vergiß aber nicht, ihn mit herauszubringen. Du ſagſt
ihm, daß ich hier warte.

Erwin
(geht an die Thür links, pocht und tritt auf ein vernehmliches
„Herein“ in das Studierzimmer).

Victorine (allein).

Wie weit ich's treibe? Was ich anfangs nur Erwin
zulieb unternahm, es iſt nicht mehr ein bloßes Spiel.
Er hat ernſtlich Feuer gefangen. Und bin ich ſelbſt denn

kalt geblieben? Wenn ich dächte, daß er die Kraft be=
säße, seiner Leidenschaft rücksichtslos zu folgen, diese Ehe
zu lösen, — was wäre mir dann Försterling, der kleine,
unzuverlässige Streber, neben diesem glänzenden Manne!
Aber hat Robert diese Kraft? Auf alle Fälle gilt es, ihn
zu spornen ... und hier zu sondieren. Ob seine Frau
wirklich leidend ist? oder ob bereits ein Zerwürfnis ...?
Das muß ich ergründen. Und ihn festmachen für diesen
Abend, von dem ich viel — alles erwarte ... Da ist sie.

Fünfter Auftritt.

Frau Johanna (aus ihrem Zimmer). Victorine.

Victorine.

O meine liebe Frau Professor! Ich konnte mir es
wirklich nicht versagen, selbst nach Ihrem Befinden zu
sehen, da ich von Fräulein Hildegard König hörte, Sie
seien leidend. Aber Sie sehen ja reizend aus wie immer;
vielleicht ein klein bißchen blasser als sonst. Doch ist's gewiß
nicht so schlimm, daß Sie das Fest nicht mitmachen könnten.
(Die Damen setzen sich.)

Frau Johanna.

Ich bin es wirklich nicht im stande.

Victorine.

Ihren Lippen muß man wohl glauben, was die
Augen nicht sehen. Wissen Sie aber, daß Sie uns viel
Freude verderben?

Frau Johanna.

Das ist wohl nicht zu befürchten. Bei solchem An=
lasse leben die Gegenwärtigen sich selbst und — les ab-
sents ont tort.

Victorine.

Immer fein epigrammatisch; des geistreichsten unserer Professoren würdige Gattin. A propos! Ihr Herr Gemahl, der wird nun am Ende auch absagen?

Frau Johanna.

Ich weiß nichts anderes, als daß er im Sinne hat, teilzunehmen.

Victorine.

Entschuldigen Sie, daß ich mich darüber freue; — hauptsächlich auch der Maske wegen. Ohne den Sigismund Malatesta hätte mein Kostüm keinen rechten Sinn.

Frau Johanna.

Und Sie sind also bei der Jsotta geblieben?

Victorine.

Offen und ehrlich gestanden: die üppigen rotblonden Haare der schönen Riminesin waren entscheidend. Mein Gott! bei einem solchen Anlasse zeigt man sich doch gern so vorteilhaft als möglich. Ihr Herr Gemahl hat mir noch gestern neue durchgepauste Zeichnungen nach alten Medaillen zugesandt; er hat sie sogar koloriert; wirklich zu liebenswürdig! Im Postskriptum seines Billets sagte er mir, daß Sie leider voraussichtlich das Fest nicht besuchen würden. Nun sehen Sie, — wir sind ja unter uns Frauen —, die wirklich fabelhaft interessante Haartracht Jsottas hat mir über andere Bedenken hinweggeholfen.

Frau Johanna (sehr kalt).

O! es wissen wohl auch die wenigsten Leute auf dem Ball, wer Jsotta gewesen ist.

Victorine (spitz).

Sie meinen, weil Sigismund sie schon bei Lebzeiten seiner Gemahlin liebte? Er hat sie aber schließlich geheiratet.

Frau Johanna (ruhig).

Nachdem er seine Frau ermordet.

Victorine (scheinbar naiv).

Ist das jetzt gewiß? Als ich das letzte Mal mit Ihrem Herrn Gemahl darüber sprach, meinte er, es frage sich doch noch sehr, ob nicht bloß päpstliche Chronisten, Feinde der Malatesta, diese Beschuldigung in Umlauf gesetzt. (Die Studierzimmerthür öffnet sich.) Ach! da ist er ja selbst. Da kann ich ja aus seinem Munde erfahren, was er wieder Neues ermittelt hat. Sie glauben nicht, wie ich mich für seine Studien interessiere.

Sechster Auftritt.

Professor **Robert Pfeil** und **Erwin v. Wilpert** sind während den letzten Worten der Baronin eingetreten. Gegenseitige Begrüßungen. **Die Vorigen.**

Victorine (zu Robert).

Ihnen sollte ich nicht einmal die Spitzen der Handschuhe erlauben, Mörder Sie!

Robert.

Mörder? ich? Wer selbst zwei blaue blitzende Dolche fortwährend auf fromme Anbeter zückt, dem steht es gut, andere Mörder zu nennen.

Victorine.

„Frommer Anbeter"! sehr schön, Tyrann von Rimini! Eine gewisse Gattin eines gewissen Professors sagt mir, daß Sie nicht länger leugnen können, Ihre Frau ermordet zu haben.

Robert.

Ach! so meinen Sie es. In diesem Fall — bitte! begnügen Sie sich doch nicht mit der halben Anklage. Es unterliegt kaum mehr einem Zweifel: seine beiden Frauen hat er umgebracht, die ferraresische und die mailändische Fürstentochter.

Erwin
(der inzwischen mit der Professorin ein Gespräch zu führen versucht hat).

Wer denn? Ich habe in der heutigen Abendzeitung nichts gelesen?

Robert.

Ein bißchen mehr Bücher, lieber junger Freund, und weniger Zeitungen würden Sie über Manches ins Klare setzen. Uebrigens sind Sie wirklich nicht verpflichtet, diese alten Geschichten zu wissen. Sigismondo Malatesta —

Erwin.

Mala Testa! hahahehe! . . . heißt das nicht Kopfweh?

Robert.

Nicht ganz. Kopfweh freilich, wenn man's so nennen will, hat er manchem gemacht. Auch mir, und speziell mit dieser Geschichte seiner beiden Frauen, bis ich da auf den Grund sah.

Erwin.

War er denn Mormone, daß er zwei Frauen hatte?

Robert.

Nun — eine nach der andern.

Erwin.

Und wie hat er sie denn eigentlich — abgemurkst?

Robert.

Die eine vergiftet, die andere mit der Serviette erdrosselt.

Erwin.

Ungeheuer schneidig.

Victorine (zu Erwin).

Schweig! (Zum Professor.) Nun sagen Sie mir nur
eines, liebster Professor! Haben Sie nach diesem Resultat
gesucht mit dem persönlichen Wunsche, Ihren Helden schuldig
zu finden, oder eher, ihn wo möglich zu entlasten?

Frau Johanna.

Welche Frage! Wie könnte mein Mann wünschen,
daß derjenige, den er zum Gegenstand so mühseliger For=
schung und zur Hauptfigur eines neuen Buches macht,
schließlich nichts anderes als ein gemeiner Mörder wäre!

Victorine (spitz).

Von Ihrem Manne möchte ich es wissen, meine Liebe.
Wie wir Frauen über dergleichen denken, versteht sich ja
von selbst. Aber man sieht so gern hinein in die Werk=
statt eines Forschers. — Uebrigens schreibt der Herr Pro=
fessor meines Wissens keine Jugendschrift, sondern ein histo=
risches Werk über einen der glänzendsten Herrscher Italiens.
Um das Urteil der Philister braucht er sich dabei so wenig
zu kümmern wie jene Malatesta selbst. Die Wissenschaft
und die Kunst stehen wirklich jenseits von Gut und Böse.

Robert.

Das ist ein wunderschöner Ausspruch, Baronin! Und
so verdient denn auch Ihre Frage eine unumwundene ehr=
liche Antwort. Gänzlich vorurteilslos, nur um die Wahr=
heit und Zuverlässigkeit der Forschung bekümmert, wie das
die Pflicht des Gelehrten, habe ich gesucht. Als ich aber den
Beweis der Schuld gefunden, hat letztere meine Bewunde=
rung des Gewaltigen nicht vermindert, sondern — vermehrt.

Frau Johanna (unwillkürlich).
Robert!
Robert.
Ich verstehe Deinen Zuruf, Johanna. Aber du ver=

stehst mich nicht. Die Frau Baronin, glaube ich, begreift, was ich sagen will. Die Illusion des moralischen Urteils darf für Menschen höherer Gattung nicht bestehn. Das moralische Urteil erfindet Realitäten, die keine sind; es wäre im stande, bei einem Königstiger, den Hunger und Gitterstäbe krank gemacht haben, von „Besserung“ zu sprechen. Aber die Welt soll ebensowenig eine Menagerie als ein Spital sein. Darum brauchen wir neue Ideale — der Kraft. Laßt doch endlich stolze, freie, starke Menschen gelten! Verfolgt nicht länger die Antriebe zum glücklichen Leben mit dem mönchischen Worte: „Sünde“, mit dem man einen Herkules zur Karikatur machen kann. Oder wenn Ihr durchaus einen Moralkodex braucht, so seien seine Gesetze nicht mehr gegen die Gesunden gerichtet, sondern gegen die rasselosen Schwächlinge. Tugend ist Kraft, Tugend ist reines Blut, Tugend ist Genie, ist der zündende Funke, der vom Halbgott, der auf festen Säulen die Erde beschreitet, hinüberspringt ins Auge der Heroine, die ihren Blick nicht senkt, sondern flammend wie eine Sonne das Meteor empfängt, das glückstrunken in ihren Schoß sinkt. (Hat seine mit steigender Hitze gesprochene Rede hauptsächlich an Victorine gerichtet; am Schlusse ein dem Sinn der Rede entsprechendes Augenspiel der beiden.)

Frau Johanna (aufstehend, zu Victorine).

Entschuldigen Sie, ich bin leidender, als ich selbst glaubte.

Victorine (sich ebenfalls erhebend).

Entschuldigen Sie vielmehr mich, daß ich so lange blieb. Sie sehen jetzt wirklich sehr angegriffen aus, beste Freundin. Aber Sie müssen schon verzeihen, wenn man aus Ihrem Salon schwer fortkommt. (Zu Robert.) Das war ein Dithyrambus, liebster Professor, den Sie in Edisons Phonographen müßten gesprochen haben, damit ich ihn mir zu jeder Zeit könnte repetieren lassen. Meinen Sie, daß Sigismondo seiner Isotta einst Aehnliches sagte?

Robert.

Das werden wir vielleicht wissen, wenn wir erst in
ihren Masken stecken. Inzwischen sehen Sie sich dies an,
meine Gnädige.

(Ueberreicht Victorinen ein beschriebenes Blatt.)

Victorine.

Verse? Was ist's? O ich weiß! Sie versprachen mir
eine Probe der Liebesgedichte Sigismondos an Isotta.
Danke, danke!

Robert.

Ich hab' es in leidliche deutsche Verse zu bringen
versucht. So gut klingt es freilich nicht wie:

„O vaghi uccelli che andate a volo
Per verdi rami cantandi a diletto . . ."

Victorine.

Thun Sie unserer Sprache und sich selbst nicht un=
recht! (Liest:)

„O Vöglein, die so frei ihr nehmt den Flug,
Auf grünen Zweigen lustig euch zu schwingen,
O! gebt Geleite mir, ein Sängerzug,
Wir wollen vor der Thür der Liebsten singen.
Auf ihrer Schwelle reiht euch früh vor Tag
Und laßt den süßen Schall ins Ohr ihr bringen,
Daß unsre Rose glühend träumen mag
Von heißer Frühlingsliebe holden Dingen." — —

Wunderschön! das darf ich behalten?

Robert.

Als geistigen Beitrag zu Ihrem heutigen Kostüm.

Victorine.

Himmel! Sie erinnern mich! Es bleibt mir kaum
die Zeit zur Toilette. Ich werde ziemlich spät erscheinen.

Inzwischen auf Wiedersehen! (Zu Frau Johanna.) Zu schade, nein, wirklich zu schade, daß ich nicht auch zu Ihnen auf Wiedersehen sagen kann. Dafür von Herzen: baldige gute Besserung. (Zum Professor, der ihr das Geleite gibt.) Nun? und wie wird es mit Erwin?

Robert.

Sie können auf mich zählen.

(Verbeugungen. Der Professor folgt den Abgehenden einen Augenblick durch die Mittelthür und kommt dann zurück.)

Siebenter Auftritt.

Robert. Frau Johanna.

Frau Johanna

(nach einem Kampfe mit sich selbst dem von der Mittelthür Zurückkehrenden entgegen; traurig und innig).

Robert! geh nicht!

Robert.

Was meinst du, Kind?

Frau Johanna.

Geh nicht zum Maskenfeste. Mir zulieb!

Robert.

Aber ich bitte dich, Johanna. — Zwar, wenn du ernstlich krank wärest, dann freilich . . .

Frau Johanna (schon gerührt).

Dann würdest du nicht gehen, guter Robert, ich weiß es. Wenn ich nun so wäre, wie . . . wie deine „starken" Menschen, die nichts nach Gut und Böse fragen, die nur ihren Zweck erreichen wollen, gleichviel, mit was für Mitteln, so würde ich jetzt sagen: Ja, ich bin krank, so krank, daß du mich nicht verlassen darfst. Aber sieh! so schwach bin ich nun schon, daß ich die kleine Lüge nicht auftreibe.

Robert.

Thu dir nicht unrecht, Schatz. Auch das ist Rasse. Du vermeidest die Lüge, nicht etwa, um dem ehrwürdigen Gespenst Wahrheit vor seinem Altar ein Opferräuchlein darzubringen, sondern einfach, weil du zu stolz zum Lügen bist. Du weißt gar nicht, wie gut dich dieser Stolz kleidet.

Frau Johanna (beiseite).

Ob er mich noch liebt? O! wenn ich's glauben dürfte! (Laut, mit dem Versuche, scherzhaft zu sein.) Wenn du mich nun weniger ästhetisch nähmest, Robert, mich weniger analy- siertest und dafür meiner Bitte Beachtung schenktest?

Robert (zerstreut).
Welcher Bitte?

Frau Johanna.
Es fällt mir schwer, sie noch einmal auszusprechen.

Robert.

Ach! daß ich nicht zum Fest gehen soll? Damit kann es dir doch nicht Ernst sein! Ich begreife dich wirklich nicht; erst sagst du für dich selber ab, gibst vor, leidend zu sein — kleine Wahrheitsfanatikerin, die zu schwach ist, die kleinste Lüge aufzutreiben ...

Frau Johanna (sehr ernst).

Dir gegenüber Robert. Jenen andern, Fremden, brauche ich nicht zu sagen, wo mein Leiden sitzt.

Robert.

Aber das ist doch der pure Eigensinn, daß du das Fest nicht mitmachen willst und nun auch mich davon ab- halten möchtest. Du weißt, wie alle auf mich zählen.

Frau Johanna.

Alle ... Eine besonders ... Robert! ich kann mich nicht verstellen. Diese Frau ... Victorine ... sie ist unser Verhängnis.

Robert.

Wie? Eifersucht? von dir hätte ich dergleichen nicht erwartet.

Frau Johanna.

Und wenn es Eifersucht wäre, so wäre es ein Beweis von Liebe, den du ehren müßtest. Doch habe ich noch andern Grund. Hörte ich nicht, was sie dir beim Weggehen zuflüsterte?

Robert (geringschätzig).

Die große Sache! — Mochtest du's doch hören. Ihres Bruders wegen.

Frau Johanna.

Eine größere Sache, als du dir den Anschein gibst, sie zu nehmen. Du sagtest dieser Frau, sie könne auf dich zählen.

Robert.

Warum sollte ich ihr das nicht sagen?

Frau Johanna.

Weil du es besser weißt als irgendwer, daß diesem jungen Herrn das nicht gebührt, was er anstrebt. Sagtest du nicht noch neulich, seine schriftliche Arbeit sei keine taube Nuß wert?

Robert.

Nun, so muß ich dafür sorgen, daß sie etwas tauge.

Frau Johanna.

Mußt?

Robert (gereizt).

Will!

Frau Johanna.

Willst? Willst helfen, daß ein leerer, eitler Geck den Eintritt gewinne in die dir selbst sonst heiligen Hallen der Wissenschaft?

Robert (unwirsch).

Da muß ich denn doch ernstlich bitten. Das sind Fakultäts=, nicht Frauenangelegenheiten.

Frau Johanna.

Wäre ich die einzige, die erste Frau, die sich da hineinmischt, so müßte ich deinen Vorwurf demütig hinnehmen.

Robert.

Nun, daß die Baronin sich für ihren Bruder interessiert, ist doch natürlich.

Frau Johanna.

Und ist es minder natürlich, daß eine Frau sich für ihren Gatten interessiert, daß sie — — (stockt einen Augenblick, da sie die Wirkung ihrer Worte fürchtet) den Schild seiner Ehre blank erhalten will?

Robert (zornig und hart).

Das ist zuviel! Du hast eine Laune heut, um ein ganzes goldnes Zeitalter in puritanischen grauen Krepp zu hüllen. Was kann ich dafür, daß du Kopfweh hast?

Frau Johanna.

Und wenn nun von uns beiden du der Kranke wärest?

Robert (leidenschaftlich).

Da haben wir's! Wo deinesgleichen Willen zum Leben, Talent zu Glück und Frohsinn merkt, stellt sich gleich der grämliche Verdacht ein, hier sei nicht alles in Ordnung. Nun, du bleibst dir selbst treu, das muß ich gestehen. Wie du selbst vor dem spärlichen Strahl der Wintersonne deine Gardinen niederläſſeſt, daß ſie den Teppich nicht bleiche, und auf die geſtickten Polſter deine gehäkelten Schutztüchlein legſt, ſo möchteſt du in den Maſchen deiner hausbackenen Moral das Temperament eines Mannes meinesgleichen abfangen. Aber ich laſſe mich von Licht und Sonne nicht abſperren. Verſchließe du immerhin unſere ſchönen Kryſtallpokale wohl abgeſtaubt in deine Schränke, ſtatt daß ſie täglich erglühen vom Purpur freu= digen Trankes und hellen Klangs zu heiterer Rede ein= ſtimmend läuten. Mir aber ſtehe nicht länger zwiſchen Becher und Lippe.

Sieh! jetzt erſt preiſ' ich das heutige Feſt. Drüben liegt meine Maske. Ich eile, ſie anzulegen. Was ſag' ich: ‚Maske‘! Hier, dieſes enge Leben, in kleinbürgerliche Bedenken eingefaßt, das iſt triſter Mummenſchanz, iſt lügende Maske. Aber für dieſe Nacht wenigſtens werfe ich die Lüge weg.

Schreibe es deinem Widerſpruche zu, dieſer eng= brüſtigen Sittenrichterei, wenn ein harmloſes Vergnügen mir jetzt mehr wird, als ich noch vorhin hoffte, mehr als ein flüchtiger Rauſch, dies bunte Spiel im erleuchteten Saale, wenn ich mich hineinſtürze wie ein Schwimmer in die Flut, die ihn auf die Inſel der Glückſeligen tragen ſoll, in eine freie Welt, jenſeits von Gut und Böſe!

(Schnell ab ins Zimmer links.) — (Die Hausglocke, wie früher.)

Frau Johanna
(ihm faſſungslos nachſtarrend, dann in tiefem Schmerz).

Nun iſt er mir verloren! — So hat er nie zuvor zu mir geſprochen ... Und meine Schuld iſt's. Ich bin zu haſtig, zu gerade aus geweſen. Ich kränkte, ich er= bitterte ihn. Aber — kann Erbitterung hervorbringen, was nicht ſchon in der Seele lag? O! meine ſchlimmſte Ahnung erfüllt ſich. Entfremdet hat ihn mir dieſe Frau. Wie ſehr, war ihm ſelbſt vielleicht bis auf dieſen böſen

Augenblick verborgen geblieben. Er taumelte so hin, bis
ich mit ungeschicktem Zuruf den Nachtwandler weckte.
Wenn er nun stürzt —

Achter Auftritt.

Das Dienstmädchen **Pauline**, eine angezündete Lampe mit rotem,
japanesischem Schirm tragend, läßt **Professor Rau** (mit Hut und
Stock) vor sich eintreten. **Die Vorige.**

Pauline (meldend).

Herr Professor Rau!

Frau Johanna (sich mühsam fassend).

Ah! Sie wollen vermutlich zu meinem Gatten?
(Pauline ab.)

Rau.

O! wenn er nicht zu Hause ist — es hat nichts
auf sich.

Frau Johanna.

Er ist nebenan! doch kleidet er sich eben um zum —
zum Maskenfest der Künstler, Sie wissen . . .

Rau.

Richtig. Ich vergaß. Da habe ich die Zeit für
meinen Besuch wieder einmal so ungeschickt als möglich
gewählt. Stören wir ihn nicht. Uebrigens, gnädige Frau,
ist es mir ebenso lieb, Ihnen zu sagen, was ich Ihrem
Herrn Gemahl mitteilen wollte; ja, in gewissem Sinne
noch lieber. Aber — ich Thor! vergesse schon wieder,
daß natürlich auch gnädige Frau jetzt werden Toilette
machen wollen. Ich komme ein andermal wieder.

Frau Johanna.

Bitte . . . bleiben Sie nur. Ich nehme nicht teil,
eine plötzliche Migräne . . .

Rau.

Bedaure sehr, dann ist es aber doppelt meine Pflicht, nicht lästig zu fallen.

Frau Johanna.

So schlimm ist es nicht, daß ich nicht hören könnte, was ich meinem Gatten ausrichten soll.

Rau.

Nun, es läßt sich am Ende mit zwei Worten sagen. Der junge Herr von Wilpert soll, wie ich von zuverlässiger Seite vernahm, gestern bei einem Austernfrühstück vor Kameraden die Aeußerung gethan haben, ihm könne es mit dem Doktordiplom nicht fehlen, habe er doch den Hauptexaminator, Herrn Professor Robert Pfeil, sozusagen in seiner Tasche ... Ja, ipsissima verba, in seiner Tasche! Lächerlich, gnädige Frau! sehr lächerlich! In seiner Tasche Ihren Herrn Gemahl, ein solcher Wind= beutel, wie es, unter uns gesagt, der junge Wilpert ist.

Frau Johanna
(der jedes Wort die äußerste Ueberwindung kostet).

Und wie — begründet er denn — das — in der Tasche haben meines Gemahls?

Rau (betroffen).

Wie er es begründete? — Ja so! pardon! Nein — das sage ich dann doch lieber morgen Ihrem Herrn Ge= mahl direkt — — das ist nichts für Sie, gnädige Frau. Ueberhaupt, bitte, alterieren Sie sich nicht zu sehr. Sie werden ja leichenblaß. Sie werden doch nicht glauben, daß irgend jemand in der Fakultät das Geflunker des jungen Herrn ernst nimmt? Was wird daran sein? Daß Herr Professor Pfeil zu dem jungen Menschen oder zu seiner reizenden Schwester, der Baronin, ein höfliches, freundliches Wort gesprochen hat, das nun in der Cham=

pagnerlaune von dem sanguinischen Herrchen in über=
triebener Weise zu seinen Gunsten ausgelegt wurde. Aber
es ist immerhin vielleicht nützlich, wenn Ihr Herr Gemahl
vernimmt, welche Deutung gelegentliche Aeußerungen er=
fahren, die wohl nur der Ausdruck seiner persönlichen
Liebenswürdigkeit sind.

Frau Johanna (reicht ihm die Hand).

Ich danke Ihnen, Herr Professor. Sie meinen es
gut mit uns. Aber — wollen Sie nicht warten, bis mein
Mann herauskommt, und dann doch lieber selbst mit ihm
über diese Angelegenheit sprechen?

Rau.

Das war ja allerdings die Absicht, die mich herführte.
Aber nun — da Sie es wissen, was ich zu sagen hatte —
ist es mir, offen gestanden, lieber, es nicht auch Ihrem
Herrn Gemahl vortragen zu müssen. Schon das vorige
Mal, als von der Doktorpromotion des jungen von Wil=
pert zwischen uns die Rede war, ist mir eine gewisse Hitze
aufgefallen, in die sich mein lieber Kollege hineinredete.
Nun — ich verstehe ihn ja. Er ist glücklich verheiratet.
Das gibt die Stimmung, auch andern Leuten das Leben
leicht zu machen. Sie wissen: „Leben und leben lassen."
Aber schließlich wird mit solcher Gutmütigkeit doch nicht
immer das Richtige erreicht. Da halte ich wenigstens es
lieber mit Pythagoras und seinem Weisheitssatze: „Man
soll nicht schuld sein, daß die menschlichen Mühen sich
mindern." Was? — fein, tief gedacht, gnädige Frau?
Aber — o! Sie haben Migräne, und ich schwatze Ihnen
da von alten griechischen Philosophen! Das Handwerk,
das läuft unsereinem immer nach. Entschuldigen Sie.
Aber ich durfte wirklich nicht schweigen und kann jetzt
sagen: Animam salvavi meam. Meine besten Empfeh=
lungen, gnädige Frau, an Ihren Herrn Gemahl, und
Ihnen — baldige gute Besserung!

(Verabschiedet sich mit altväterischen Bücklingen.)

Frau Johanna (nach seinem Abgang).

So weit ist es schon, daß sogar andere es sehen, warnen zu sollen sich veranlaßt fühlen — selbst dieser gutherzige, thörichte Greis.

Und Roberts Ehre und meine Frauenehre auf der lallenden Zungenspitze eines berauschten Buben!

Ja, eine dämonische Macht zieht längst gelegte Schlingen nun plötzlich straff zusammen zum unentrinnbar würgenden Knoten. Unentrinnbar? nein! (Das Fläschchen mit dem Gift hervorziehend.) Hier ist ein Ausgang! Die edelste Maske im öden Narrenfest des Lebens bleibt doch die Totenmaske. Wer sie anzulegen nicht fürchtet, dem allein ist wahre Maskenfreiheit gestattet.

Wie sagte er, ein Wort von ihr nur zu gern wiederholend: in eine Welt jenseits von Gut und Böse wolle er sich stürzen wie der Schwimmer in die Flut?

O nein! Ihr werdet es verfehlen, dieses Land. Lebend seid ihr ewig Gefangene der Schuld, in die ihr immer tiefer euch verstrickt.

Mich aber, mich wird die Welle wirklich an eine Küste tragen, wo jenseits von Gut und Böse das arme Herz ausruht und ewiger traumloser Schlaf die müde Seele wiegt.

Doch — es ist das Letzte und ein Schritt, der nicht, wie so viele Schritte auf den Irrpfaden des Lebens, in thörichter Hast soll gethan werden.

Erst will ich noch den vollen Umfang meiner Leiden kennen, will mit eigenen Augen mein Elend sehen. Ist wirklich mir der Todeskelch auf diesem Fest bereitet? Wohl, ohne Zaudern dann leer' ich ihn.

Aber ich muß hin. Unerkannt. Nicht im Festkleid dieser unglücklichen Fürstin. Sie trug's wohl auch nicht mehr, als sie dem Tode ward vermählt. Ein einfach weiß Gewand, wie Desdemonas Sterbekleid. Ah! meine Hildegard, die treue Seele, sie schafft mir, was ich brauche;

mag sie immerhin glauben, es handle sich um einen Maskenscherz. Wer bald im Endspiel Ruhe seiner Mühen für immer voraussieht, treibt wohl Seelenstärke genug auf, zum letztenmal sein Elend hinter der Maske des Lächelns zu bergen. (Geht eilends in ihr Zimmer, rechts, von wo sie alsbald mit Hut und Mantel zurückkehrt, eine seidene Halbmaske in der einen Hand. Gegen die Zimmerthür links gewendet:) Robert! Wie drängt, wie wallt mein Herz zu dir! Doch — stark will ich, muß ich sein für uns beide. Vielleicht mehr als du denkst, hab' ich von deinen angebeteten Heroen der Kraft etwas in meinem schwachen Weibesherzen. Denn, wenn ich's vollbringe, wenn ich wirklich scheide, ist's etwa nur feige Flucht vor einem öden, liebeleeren Leben und das Verbluten eines betrogenen Herzens? Ist's nicht auch dann noch Liebe zu dir, eine Liebe, die — wenn zu arm sie war, um durch ihr Leben das deinige zu schmücken, doch zu arm nicht ist, durch ihren Tod dir die Freiheit zu erringen, die dein heißer Sinn begehrt!

(Schnell ab durch die Mittelthür. Die Scene bleibt einige Augenblicke leer. Hierauf:)

Neunter Auftritt.

Dr. Lossen (ohne den Arbeitsschurz). Er ist sichtlich in bester Laune.

Dr. Lossen (an die Thür rechts tretend).

Johanna! Johanna! Alles gewonnen! Ein herrlicher, lustiger Einfall! — (Pocht.) Wie? Bist du nicht da? (Macht die Thür auf und blickt hinein.) Leer. Dort ihr Polissenakostüm. Nun ja, das kann nun gute Ruhe haben. Aber wo mag sie selbst sein? Sie wird doch nicht in Uebereilung ... es wäre entsetzlich. (Drückt eine elektrische Klingel.) Ich muß mich hierüber durchaus beruhigen, bevor ich handle.

Zehnter Auftritt.

Pauline. Der Vorige.

Pauline.

Haben der Herr Doktor geläutet?

Dr. Lossen.

Wo ist meine Schwester?

Pauline.

Die gnädige Frau sind eben ausgegangen; sie begeg=
neten mir auf der Treppe und sagten, sie machten einen
Besuch bei Fräulein Hildegard König.

Dr. Lossen.

Gut. Nur eben das wollte ich wissen.
(Pauline ab.)

Dr. Lossen.

Ein günstiges Symptom. Sie besucht eine Freundin,
um abwesend zu sein, wenn der Herr Gemahl allein auf
das Maskenfest fährt, und ihm so zu markieren, was sie
von seiner ehelichen Galanterie hält.

Wie sie sich wundern wird, wenn sie zurückkehrt, ihn
hier vorzufinden. Und eigentlich ist es besser, daß sie
vorher nichts davon erfährt, wie ich ihn einfach par force
majeure oder force magique — wenn man lieber will —
hier festhalte. Sie würde in ihrem Stolz am Ende gar
nicht zugegeben haben, daß ich meinen Plan ausführe.

Was mich betrifft, mag er mir's nachher so übel=
nehmen, als er will — mir gilt es gleich. Der Fall ist
ernst genug, um eine Radikalkur zu rechtfertigen. Die
Schwester muß um jeden Preis vor Kränkung bewahrt
bleiben. Tief geht ihr's, sonst hätte sie nicht auf alle
Fälle des Giftfläschchens sich versichert. Na, das muß sie

mir aber sofort zurückgeben zum Lohn meines Eingreifens. Ein Glück war's, daß sie mich mit dem Gift auf dieses unschuldige Mittel meines alten Herrerohäuptlings brachte. (Eine silberne Zigarettendose hervorziehend.) Nein, liebes Kind! In solchen Fällen schießt man nicht gleich mit der scharfen Munition des Todes, da thut es auch eine schwächere Ladung aus dem Magazin seines sanfteren Bruders.

Und nun schnell von diesen Zigaretten die einzige blinde Patrone für mich selber angesteckt. (Zündet eine Zigarette an.) Die andern alle sind — (pfiffig) Schlummerrollen.

Elfter Auftritt.

Robert (im Malatestakostüm) tritt aus seinem Zimmer und eilt nach der Mittelthür, ohne anfangs Dr. Lossen zu bemerken.

Robert (hinausrufend).

Pauline! Es ist Zeit. Holen Sie einen Wagen beim nächsten Droschkenstand. (Nach dem Zimmer sich wendend.) Ah! du bist's, Franz?

Dr. Lossen.

Aber du bist es nicht. (Ihn betrachtend.) So also hat dein berühmter Elefantenfürst ausgesehen?

Robert.

Gefällt dir das Kostüm?

Dr. Lossen.

Du nimmst dich darin sehr stattlich aus. Aber fühlst du dich auch wohl darin?

Robert.

Auf jeden Fall seelisch wohl. Sieh, es ist doch zuweilen eine rechte Freude — und handelt es sich auch nur um eine Mummerei — einen andern Menschen anzuziehen.

Dr. Lossen.

Das klingt ja beinahe biblisch. In der That: einen neuen Menschen anzuziehen, wäre vielleicht diesem und jenem ganz gesund.

Robert.

So nun gerade meinte ich's nicht. Hast du denn nie in dir ein alles begehrendes Selbst verspürt, das durch viele Individuen wie durch seine Augen sehen und wie mit seinen Händen greifen möchte? ... Ich wenigstens, ich kenne diesen Drang. O! daß ich in hundert Wesen wiedergeboren würde!

Dr. Lossen.

Natürlich nur in Individuen, in denen du deinen jetzigen Zustand wiederfändest, nur etwa mit größerer Uneingeschränktheit des Willens? Dergleichen Stimmungen mag wohl jeder schon durchgemacht haben. Vielleicht daß unser Wohlgefallen an Poesie, an Schicksalen anderer, wie sie des Dichters Phantasie uns vorzaubert, darauf beruht. Nützlicher aber wäre es, uns selbst zuweilen mit den Augen anderer zu sehen. (Kleine Pause.) Schade, daß Johanna dich nicht begleitet.

Robert.

Richtig, ich muß ihr noch Abieu sagen.
(Will nach dem Zimmer rechts.)

Dr. Lossen.

Bemühe dich nicht, sie ist ausgegangen zu ihrer Freundin Hildegard.

Robert (betroffen).

Ausgegangen? Trotz ihrem Kopfweh, das sie vorschützt, da sie aus bloßer Grille den Ball nicht mitmachen will?

Dr. Lossen.

Nun, es ist eben zweierlei, in die frische Luft hinaus=
gehen und eine Freundin besuchen, oder ein Maskenfest
mitmachen, das bis in den weißen Morgen hineindauert.

Robert.

Du bist doch zu Hause, wenn sie zurückkehrt? Suche
ein bißchen, sie zu erheitern. Vielleicht — da ich an ihr
Kopfweh nicht glaube — spielt ihr zusammen vierhändig.

Dr. Lossen.

Keine Sorge! Wir werden den Abend schon hin=
bringen.

Robert (etwas verlegen).

Wie lange der Wagen ausbleibt! Die Zeit vergeht
einem so träge, sobald man nichts mehr zu thun hat, als
auf ihren Verlauf zu passen.

Dr. Lossen (sehr gemütlich).

Was thut der Mensch in solchem Falle?
(Präsentiert Robert die Zigarettenbüchse.)

Robert (eine wählend).

O gern! Es riecht köstlich.

Dr. Lossen.

Es ist noch von meinem mitgebrachten ägyptischen
Tabak ... übrigens ganz besonders präpariert. Du mußt
nur acht geben, daß sie dir nicht ausgeht; sie ist von
freier Hand gedreht und nicht gummiert.

Robert (ansteckend).

Das sind die besten. (Thut einige Züge.) Weißt du,
es ist eigentlich schade, daß du das Maskenfest nicht mit=
machen wolltest. Die Malatestafürsten hatten um sich
immer allerlei Gelehrte, Künstler, berühmte Aerzte, die

sich auf magische Mittel, auf seltsame Arcana der Natur
verstanden. Du hättest dich famos ausgenommen als Hof=
astrolog oder etwas dergleichen.

Dr. Lossen.

Du hast, glaube ich, ohnehin einen ganzen Hofstaat
um dich. Wen stellt denn der Doktor Försterling vor?

Robert.

Einen gewissen Basinio, Hofpoeten in Rimini.

Dr. Lossen.

War's nicht ein Intrigant?

Robert.

Nu, einigermaßen schon. Wie eben damals solche
Versemacher am Hofe eines Gewaltigen sich durchschwänzeln
mußten gleich dem Wachtelhündchen, das im Käfig eines
Löwen liegt.

Dr. Lossen.

Alle waren doch nicht so. Denk' an Dante . . .
Nun . . . und der komische Bruder der Baronin, wen
kopiert er?

Robert.

Auch auf dem Ball bleibt er der Bruder seiner schönen
Schwester. Isotta hatte einen solchen, er ist historisch.
Antonio hieß er, ein wilder, ja unbändiger Geselle. (Die
Zigarette betrachtend.) Hm! Doch viel stärker, aber auch
besser, dieser dein Aegypter, als alles, was man hier in
den besten Tabakläden bekommt.

Dr. Lossen (beiseite).

Ich muß nur machen, daß er mir im Gehen nicht
umsinkt. (Laut.) Hast du denn schon probiert, wie sich's
in deinem Kostüm sitzt?

Robert (narkotisiert).

Was! — Aha! ja! — Sagtest du: sitzen ... Deine
Stimme tönt mir auf einmal so fern. Sitzen ... warum
nicht liegen? (Streckt sich, fortwährend rauchend, auf dem alter=
tümlichen Diwan links im Hintergrund des Zimmers, so daß er den
Zuschauern nur noch im Drittelsprofil sichtbar bleibt.) Hm! es
liegt sich ganz behaglich ... wunderschön ... Wie in
einer venezianischen ... Gondel. Immer dieselben blitzern=
den Wellen ... sanft schaukelndes Gleiten ... auf atmendem
Meer ... durch wallende Nebel ... fort ... weit fort ...
(Im letzten Kampf gegen das Einschlummern nach Dr. Lossen hin=
überblickend.) Was ... wird ... dein ... Bart ... auf
einmal ... so ... lang? — Tanzest — auf und ab ...
denkst ... ich kenn' dich nicht? ... Du bist ... mein ...
Leibarzt Bertinoro ... oder ... der Teufel ... (Schläft ein.)

Pauline (an der Mittelthür).

Herr Professor, der Wagen.

Dr. Lossen (gegen Pauline).

Pst! Pst! Stellen Sie ihn nur wieder ab. (Pauline,
mit Zeichen der Verwunderung, zieht sich zurück.) Der braucht
nun keine Droschke. Der fährt jetzt, wenn mich nicht alles
täuscht, auf einem feurigen Wagen, wie Elias, in ein
wunderbares Land.

(Ab in das Zimmer rechts.)

Sobald nur noch der Schlafende allein auf der Scene sich befindet,
vernimmt man einen gedämpften Marsch. Zugleich verschwindet die
Hinterwand und an ihrer Stelle zeigt sich die Loggia des Mala=
testa=Palastes (von der innern Saalseite her) wie im zweiten
Aufzug. Zwischen den Bogen der Loggia hindurch muß man die
links etwas vorgeschobenen, festungsähnlichen Seitenmauern des
Kastells sehen; nach der rechten Seite ist der Ausblick nach dem
Adriatischen Meere frei. Der Vorhang fällt langsam.

Zweiter Aufzug.

Scene: Im Schlosse der Malatesta von Rimini. Hohe, weite Halle; im Hintergrund offene Säulenloggia. Kränze, Flaggen und sonstiger Festschmuck. Rechts (vom Zuschauer) ganz vorn, zwei Prunksessel auf niederer Stufenestrade.

Erster Auftritt.

Sigismondo Malatesta liegt schlafend (in derselben Stellung, wie zu Ende des vorigen Aufzugs Professor Robert Pfeil) auf einem Ruhebett links an der Loggia des Hintergrundes. Zu seinen Häupten, seinen Schlaf beobachtend, **Bertinoro**, der Leibarzt; am Fußende des Lagers **zwei Pagen**. Im Vordergrunde der Scene, doch ebenfalls zuweilen nach dem Schlafenden zurücksehend, halten sich im Gespräch die Hofherren **Basinio**, **Conti** und **Brugnoli**.
Schon vor Aufziehen des Vorhanges hat sich hinter der Scene derselbe festliche Marsch hören lassen, der den Schluß des ersten Aufzugs begleitete; er verklingt allmählich in der Ferne.

Basinio.
Auch nicht der Trompeten Schmettern
Bricht die Bande seines Schlummers.

Brugnoli.
Weil vielleicht sein Heldenohr
Selbst im Schlaf noch unterscheidet
Von dem Erzklang, der zur Schlacht ruft,
Froher Festtrompeten Schall.

Basinio.

Hört er diese Festtrompeten,
Müssen sie wie Schlachtruf klingen,
Denn dies Fest bedeutet Krieg.
Wem zu Ehren wird's bereitet?
Einem Jüngling, den zum Ritter
Heute schlagen will der Fürst.

Doch der strahlenden Isotta
Bruder ist der früh Geehrte,
Ihre Schönheit sein Verdienst.
Insgeheim schon längst die Herrin
Süßer Stunden unsres Fürsten,
Soll sie endlich offenkundig
Hier erscheinen ihm zur Seite.
Gut gefunden scheint der Anlaß,
Daß am Ehrentag des Bruders
Sie zum erstenmal betrete
Glanzvoll Malatestas Burg.

Welch ein wicht'ger Tag, ihr Freunde!
Glaubt: das blanke Schwert, das heute
Haupt und Schulter rührt dem Jüngling
Trennt des Fürsten Eheband.

Darum sind wie Kriegstrompeten
Diese freudigen Fanfaren.
Und ihr Ruf geht auch an uns,
Will, daß wir auch in die Reihen
Treten als entschloss'ne Streiter.
Sprecht, wie Ihr darüber denkt.

Conti.

Könnten wir noch schwankend zweifeln?
Wir vor allen müssen freudig
Grüßen diese neue Sonne,
Die wir Sonnenkinder selbst.

Was hob uns aus niederm Staub denn,
Daß wir auf des Lebens Höhe
Neben Fürsten stehn? — Talent!
Ob Talent nun als ein Kobold
Wohnt im Hirn, von wo es schmeidig
Schlüpft in schlanken Federkiel,
Oder ob's als goldne Locken
Wallt um eines Weibes Schultern,
Spielt als herzbestrickend Lächeln
Um die Lippen der Sirene,
Immer bleibt's dieselbe Gottheit,
Immer bleibt's dieselbe Kraft.
Alle Starken sind verbündet,
Ohne Schwur geheim verbündet. —
Grüßen wir Isottas Stern!

Basinio (verbindlich).

Nicht umsonst: „die schöne Hand"
Heißt das Buch, das Ihr verfaßtet.
Stilvoll fließen Euch die Worte,
Und den Redner lobt ihr Sinn.
Doch, wie denkt denn Ihr, Brugnoli?

Brugnoli.

Ebenso bin ich gesinnt.
Zwar — die Fürstin kann mich dauern;
Sie ist tugendreich und edel,
Schön und huldvoll; doch was hilft ihr's,
Da der Fürst dies nicht mehr sieht?
Und dem Fürsten folg' ich blindlings.
Heißt er mich die wilde Rose
Für ihn pflücken von der Hecke,
Denk' ich nicht, daß ihm im Garten
Blüht die duft'ge Centifolie;
Nein! weil er begehrt die andre,
Bring' ich sie, wie er befiehlt.
(Hinüberblickend.)

Doch verwünscht, daß ihn noch immer
Dieser Schlummer nicht verläßt!
Seltsam, selber zu erproben
Den narkot'schen Saft, dazu noch
An so wicht'gem Tage. Seltsam!

Conti.

Wenn es nun das Unglück wollte,
Daß der Fürst nicht mehr erwachte,
Wie dann stellte sich das Spiel?

Brugnoli.

Eben wie ein Kartenspiel.
Fehlt der König, gilt die Dame.

Conti.

Welche?

Brugnoli.

Dann doch wohl die Fürstin.

Basinio (für sich).

Wenn nicht gar der Bube sticht!
(Laut.)
Wißt, für solchen Fall empfing ich
Ein geheimes Blatt vom Fürsten.

Conti.

Weist es her; ich sah ihn schreiben.

Basinio.

Laßt mich's bergen noch. Nur eines
Sei Euch anvertraut. Der Arzt
Fällt zuerst. Die Weisung lautet:
  „Schlaf' ich länger als zur Vesper,
  Schlagt den Kopf ab Bertinoro,
  Daß im Orkus ich die Kugel
  Zum Pallonespiel nicht misse."

Conti (beifällig).

Ja. Des Löwen Pranke! Tödlich
Selbst im Schlaf noch. Sagt mir mehr.

Basinio (in die Scene blickend).

Jetzt nicht. Seht! das andre Lager
Sendet — dünkt mich — einen Späher.

Brugnoli.

Ugolino ist's, der Graubart.

Basinio.

Immer kann er nicht vergessen,
Daß er einst des Fürsten Lehrer
War und Vormund, möchte spielen
Heute noch den Pädagogen.
Ei! der Tropf! er mag sich vorsehn,
Seine Zeit ist längst vorbei.

Zweiter Auftritt.

Ugolino. Die Vorigen.

Ugolino.

Dauert dieser Schlaf noch immer?

Basinio (scharf, feindselig).

Dauert's Euch, daß er noch dauert?

Ugolino.

Wie versteh' ich das?

Conti (spöttisch).

                        Er meint wohl,
Daß Ihr neidisch auf ein Mittel,
Das Euch überflüssig macht.

Ugolino.

Ueberflüssig, mich?

Conti (ebenso).

Begreift doch!
Sonst, wenn Schlaf der Fürst begehrte,
Wart Ihr da mit Euern Reden,
Die dem Wiesenbächlein gleichen,
Dran zur Mittagszeit ein Schäfer
Gern sich hinlegt, um zu schlummern,
Denn geschwätzig murmelnd fließt es
Und ist ungefährlich seicht.
Künftig aber ist dem Fürsten
Bertinoros Saft bequemer,
Der zwar bitter schmeckt. Doch lieber
Bitter als — was ganz geschmacklos …

Ugolino (einfallend).

Wie der Bosheit schale Würze.
Glaubt auch nicht, ihr Herrn, mich habe
Hergeführt der Wunsch, im Wortwitz
Eitle Fechtkunst hier zu üben.
Doch, weil von des Fürsten Schlummer
Kunde mir, verwirrte, ward,
Wollt' ich sehn mit eignen Augen,
Wollt' ich selbst den Arzt befragen.

Bafinio (kalt).

Fragt ihn denn; wir senden ihn.

(Dreht Ugolino den Rücken und geht mit Conti und Brugnoli in
den Hintergrund, wo Bertinoro am Lager Sigismondos steht.)

Ugolino (ihnen nachblickend).

Steht es so? — Nun — desto besser.
Einmal muß zum Austrag kommen
Dieser Kampf. — Wer seid denn ihr?

Drei Blasbälge, die das Feuer
Der Begier im Fürsten schüren
Mit dem Atem von Schmarotzern.
Auch als feiges junges Volk,
Das um jeden Preis emporstrebt
Und, wo Macht es wittert, hündisch
Wedelt, haßt ihr mich den Alten,
Der des Lebens karge Neige
Furchtlos sich durch Wahrheit würzt.

Dritter Auftritt.

Bertinoro, der Leibarzt, ist auf Bedeuten der drei Hofherren in
den Vordergrund gekommen. **Der Vorige.**

Bertinoro.

Ihr verlangt nach mir?

Ugolino.

                              Von Herzen.
Wen'ge sind in diesen Zeiten,
Denen man sich offen hingibt.
Von den Wen'gen hier am Hofe
Seid Ihr einer, ja der einz'ge.
Auch die Fürstin ist Euch gut.

Bertinoro.

Bin ich, wie Ihr denkt, so denkt auch,
Daß ich's dann nicht hören will.

Ugolino.

Auch dies trockne rauhe Wesen
Steht dem Arzt wohl an; dem Gegner
Habt Ihr's abgeguckt, der knöchern
Zugreift, keine Worte macht.

Aber — was ich sagen wollte:
(Nach dem Hintergrunde deutend.)
Wie nur hat sich dies begeben?

Bertinoro.

Dieser ungewohnte Schlummer? —
Heut' beim Frühmahl war's. Die Rede
Floß so hin und her von Kräutern,
Von Gesteinen, kraftbegabten,
Die gleich seltnen Menschen Adel
Höherer Natur bekunden
Dadurch, daß sie Heilung bergen
Oder Tod —

Ugolino.

Ich weiß, der Fürst
Spricht oft gern von solchen Dingen
Und so gut, daß im Disput er
Philosophen schon besiegt.

Bertinoro.

Plötzlich trifft mich seine Rede:
„Bertinoro! He! was ist es
Mit dem Schlummersaft, dem braunen,
Den du von dem weitgereisten
Venezianer neulich kauftest?"
Ich darauf erklär' ihm alles,
Wie ein Saft es sei, der Schlummer,
Aber Tod auch in sich trage.
Er: „Mich lüstet, ihn zu kosten.
Miß zwei Stunden Schlaf — nicht minder,
Auch nicht mehr — in meinen Becher."

Ugolino.

Und Ihr thatet's?

Bertinoro (hinüberweisend).

Wie Ihr seht.

Ugolino.

Ein gefährlich Unterfangen.

Bertinoro.

Sorgsam maß ich, fürchte nichts.

Ugolino.

Welche wunderliche Laune,
So sich selbst aufs Spiel zu setzen!

Bertinoro.

Eben: „Spiel!" Es lockt' ein Reiz ihn
Von Gefahr, vielleicht die Grille,
Da er selbst sonst aller Leben
Hält in seiner Faust, auch einmal
Seins in unfre Hand zu legen.
Außerdem —

       (Sieht sich um.)

Ugolino.

Ihr stockt. Was meint Ihr?

Bertinoro.

Nur zu Euch: die letzten Tage
Trat er öfter bei mir ein,
Wo ich stand im Arbeitskittel
Bei Retorten überm Feuer;
Musterte die Tiergerippe,
Die Metalle, trocknen Pflanzen,
Meine Tiegel, meine Flaschen,
Und stets lenkt' er so die Rede,
Daß zuletzt wir nur von Giften
Sprachen: Belladonna, Wolfsmilch,
Bilsenkraut, Datura, Schierling,
Akonit, Arsen und andern.
Wie ein jedes wird gewonnen
Wollt' er wissen, dann die Wirkung,

Ob sie zögernd, ob sie plötzlich,
Ob die Zunge Todesvorschmack
Ahnt, ob ohne Schmerz der Hingang
Oder qualvoll. — Ist dies alles
Nun nur Wißbegier, wie oftmals
Er sie zeigt — zwar selten dauernd —
Für ein Fach? Denn alles treibt er:
Tempelbaukunst, Platos Weisheit,
Poesie, Musik, Sternkunde;
Und mit gleicher Heftigkeit,
Wie er wohl die Kriegerhaufen
Führt zur Feldschlacht, will er gleichsam
Wissenschaft im Sturm erobern.
Oder sucht er andres noch?

Ugolino.

Andres, fürcht' ich. — Ach! Ihr seht wohl,
Wie im Tiegel die Metalle
Hier sich lösen, dort vereinen,
Und ein Kampf der Elemente,
Gleich beseelter Wesen, wogt.
Aber seht Ihr auch das Endspiel,
Das am Hofe sich bereitet?
Wie der Fürst die Gattin meidet
Und freigebig schenkt der Buhle,
Was der Fürstin er entzieht?
Nicht, wie früher oft, ein hüpfend
Leichtes Flämmchen ist's, das nächtlich
Ueber Wiesen, Sümpfen spielt.
Diesmal ist's ein wildes Feuer,
Das mit loher Flammenzunge
Alles eher wird verzehren,
Als verglühen in sich selbst.

Bertinoro.

Arme Fürstin dann!

Ugolino.

Nur eins
Hoff' ich noch.

Bertinoro.
Was mag das sein?

Ugolino.
Rom. Des heil'gen Vaters Beistand.
(Geheimnisvoll.)
Unsre Fürstin schrieb an ihn.
Zwar verborgen blieb der Inhalt
Mir des Briefes; doch ich selber
Sandt' ihn durch vertrauten Boten
Gestern ab.

Bertinoro.
Das ist nicht gut.
Nicht sollt Ihr der Schlange zeigen
Zugang zu des Löwens Lager,
Nicht der nimmersatten Kirche,
Die ringsum verschlingt die Länder,
Den verraten, der die Hoffnung
Bleibt Italiens.

Ugolino (bitter).
Die Hoffnung!
Ja, er bleibt sie, doch erfüllt sie
Nimmer. Ihm verlegt die Wildheit
Seines Bluts zu hohen Zielen
Stets den Weg. Er konnt' ein Stern sein
Aller Völker welscher Zunge.
Doch in ruhelosem Kreisen
Um die Achse seiner heißen
Und begehrlichen Natur
Wird er vor der Zeit verzischen
Wie die nachgemachte Sonne
Die im Feuerwerk verpufft.
(Fernes Vesperläuten.)

Bertinoro.

Gleichwohl sollt Ihr nicht den Pfaffen
Diesen stolzen Geist ausliefern,
Diesen freien Geist, der furchtlos
Blickt in tiefsten Lebensabgrund,
Der — ich räum' es ein — tyrannisch
Oft uns drückt, ein strenger Reiter,
Zügelriß und Sporn nicht sparend,
Aber in so tollem Jagen,
Wo er manchmal raubt den Lorbeer
Aus der Knochenhand des Todes,
Weitre Grenzen schafft der Menschheit,
Da er zeigt, was Kraft vermag.

Ugolino.

Wie? Täuscht Euch auch dieses Blendwerk
Hohler Kraft! Was hilft denn Kraft uns,
Wenn sie nicht das Gute schafft?

Bertinoro.

Hoffen wir, daß noch zum Guten
Sich entschließt sein starker Wille.

Ugolino.

Und — wenn diese Hoffnung täuscht,
Kann auf Euch die Fürstin zählen?

Bertinoro.

Fest in allem, was ihr frommt.
Denn nicht minder treuergeben
Bin ich ihr als unserm Fürsten.
Und auf beider Heil gerichtet
Ist mein Sinn.

(Das Läuten hat inzwischen aufgehört.)

Ugolino.

Seht! was ist das?

Vierter Auftritt.

Basinio und Conti kommen mit bewaffneten Trabanten aus dem Hintergrunde. **Die Vorigen.** — Beim Fürsten im Hintergrund ist **Brugnoli** geblieben.

Basinio (zu Bertinoro).

Gebt gefangen Euch!

Bertinoro.
Gefangen?

Ugolino.

Welches Bubenstück! Wie dürft Ihr
Solche Schmach anthun dem Manne,
Der dem Fürsten teuer ist?

Basinio (Ugolino ein Blatt weisend).

Alter Herr, bevor Ihr weiter
Deklamiert, lest dies.

Ugolino
(nach einem Blick auf das Blatt schmerzlich).

Des Fürsten
Hand! Die harte Hand! — Doch schändlich
Eure Hast. Kaum daß verschlungen
Hat die Luft der Glocke Wimmern,
Werft Ihr wie der Falke — nein! —
Wie die Brake, die im Dickicht
Hat den Hirsch erspürt, Euch wütend
Auf den Mann, der Euch im Weg steht.
Doch ich duld' es nicht. Dem Fürsten,
Der nicht ernstlich seinen treusten
Diener preisgibt solcher Meute,
Rett' ich ihn.

Basinio (Ugolino wegdrängend).

Zurück!
(Zu den Trabanten.)
In Fesseln
Legt ihn!
(Bertinoro werden Handschellen angelegt.)

Ugolino.
Wahnsinn! Wer ist Herr hier?

Basinio.
Doch gewiß der Fürst!

Ugolino.
So hoff' ich,
Denn dann lebt er noch, nicht tödlich
Ward sein Schlummer, und unsträflich
Ist dann auch sein Arzt.

Conti.
Und wenn er
Nicht mehr aufwacht?

Ugolino.
Wird die Fürstin
Untersuchen —

Basinio (giftig).
Was vielleicht sie
Heimlich selbst hat angezettelt.

Ugolino (sein Schwert herausreißend).
Schandmaul! — Ob auch welken Arms
Stoß' ich doch zurück ins Herz dir
Diese Lästerung.

Basinio (gleichfalls ziehend, für sich).
Willkommen!
Zwei gleich schaff' ich mir vom Hals.
(Dringt auf ihn ein; in diesem Augenblicke ruft vom Hintergrund:)

Brugnoli.

Haltet ein! Der Fürst erwacht.

Conti (Basinio zurückhaltend).

Hört Ihr nicht? Der Fürst erwacht.
Mäßigt Euch. Seht nur! wahrhaftig,
Schon hebt er die Arme.

Bertinoro (ruhig).

Wußt' ich's
Doch!

Basinio (zu Conti).

Verdammt! Zu früh, um wenig!
(Sein Schwert bergend.)
Diese beiden Ueberläst'gen
Waren halb schon expediert.

Ugolino
(der ebenfalls das Schwert in die Scheide gesteckt hat).

Er erhebt sich.

Bertinoro.

Kommt hierher.

Fünfter Auftritt.

Sigismondo kommt langsam aus dem Hintergrund; Brugnoli folgt
ihm. Die Vorigen. (Bertinoro noch in Mitten der Trabanten
gefesselt.)

Sigismondo (mit sich selbst sprechend).

Bin ich es wieder? — Welch ein Schlaf war dies?
Erstarrung mehr als Schlaf. Und dann der Traum,
Stark wie die Wirklichkeit, so daß mich Zweifel
Durchschütteln, ob nicht diese nun ein Traum.
Mein Wille war derselbe, wie er wachend
Mir wohnt im Busen; doch gebrach die Kraft

Dem sonst so starken Arm. Ich lag in Fesseln
Wie jener Riese, den die Zwerge banden,
Dieweil er schlief. Mein Geist war wie ein Schwert,
Das nur als Zierat hängt in einer Kammer,
Mein Leben dumpfes Brüten schwerer Wolken,
Die einen Flammenstrahl gebären wollten,
Doch, wie sie auch sich mühten, nichts vermochten.

Bertinoro.

Wodurch, mein Fürst, schien Euch im Traum gefesselt
Der freie Wille so?

Sigismondo (ihn aufmerksam musternd).

Ganz recht! Du warst es.
Du hast mir diesen Zauber angethan,
Schlugst mich in Bande.

Bertinoro (vorwurfsvoll).

Bande trag' ich selbst.

Sigismondo.

Wie? Stehst in Fesseln du? . . .

Basinio.

Mein gnäd'ger Fürst . . .
Ihr hattet so verordnet . . . Vesperzeit
Ist längst vorüber.

Sigismondo (nachsinnend).

Vesperzeit vorbei?
Hatt' ich's verordnet?
(Sich aufraffend.)
Nun! so ordn' ich jetzt,
Daß dieser frei ist.
(Zu den Trabanten.)
Fort!
(Die Trabanten ab, nachdem sie Bertinoro die Fesseln abgenommen.)

(Zu Bertinoro.)

Da, meine Hand.

Nimm dir's zu Herzen nicht. Doch nicht begehr' ich
Zum zweitenmale solchen Schlaf von dir.
Du spieltest Winterfrost mit mir, du schlugst
Den Strom in Eisesbande, dessen Wellen
Sonst rauschten durch die Lande frei und stolz.

(Sich besinnend.)

Mich dünkt, ich war mit all dem Lebensmut,
Der in mir glüht, ein schlichter, schwacher Bürger,
An Wünschen unersättlich, arm an Thaten.
Ein neuer Tantalus! — denn alles wollt' ich,
Nichts konnt' ich. Wie ich meinen Arm nur regte,
So klangen in dem unsichtbaren Netze,
Das mich umstrickte, tausend Glockenstimmen.
Die läuteten Alarm, wenn nur mein Puls
In schnellern Wellen ging; und Erd' und Himmel
Kam dann in Aufruhr. Aber, wenn ich ihnen
Mich fügte, war's ein lieblich Glockenspiel
Von sanfter Harmonie. — Mir ist, noch einmal
Möcht' ich sie hören . . .

(Heftig.)

Nein, nie wieder! nein!

Ihr Ziel war Knechtung dieses starken Herzens,
Vor ihnen schmolz mein Wille, sank mein Arm.
Sie täuschten mich vom Labebecher weg
In dunkle, freudelose Gründe.

(Mit einer Gebärde, als ob er Stricke zerrisse.)

Fort!

Ihr Nachtgespenster! Ich bin wieder ich,

(im Kreis sich umsehend)

Und ihr seid ihr. Denkt nur: es träumte mir,
Ich kennt' euch nur vom Hörensagen noch,
So gleichsam aus der Schrift der Leichensteine,
Die manchmal lügt. Nun seid ihr's alle wirklich.

(Zu einem Fenster links im Vordergrund schreitend und es öffnend.)

Und diese Stadt — es ist mein Rimini.

Nicht öde liegt's, wie mir ein neid'scher Dämon
Im Traum es zeigte: Gras wuchs auf den Fliesen
Des Marktes, wo ein ärmlich Volk sich umtrieb,
Dem nur gleich einem fernen Lied noch klang
Mein Name, dem ein Märchen war mein Ruhm.
Doch dieser Spuk verging. Der frohe Lärm
Der regen Stadt, der blühenden, schallt brausend
Bis zum Kastell empor, das ich erbaute.
Und dort grüßt mich mein Tempel San Francesco!
Wie stolz er ragt! Nie zwang zu schönerm Dienst
Noch Menschenhand der Felsen rauhe Quadern.
(Sich besinnend, wieder gegen die Hofherren gewendet.)
Wer aber sagte mir — wenn ich's nicht träumte —
Daß sie in Rom „San Malatesta" nennen
Dies Säulenhaus, weil keine Fratzenbilder
Von Kirchenheil'gen drin mein Auge duldet?
Ich nehm' es an, dies Wort scheinheil'gen Ingrimms.
„San Malatesta"! Ja! mit starken Heil'gen
Erfüll' ich meiner Ahnen hohes Haus.
Und unser schwarzes Elefantenhaupt
Ist schlechter nicht als andre fromme Tiere;
Der Markuslöwe hat es schon erfahren.
Doch die Madonna erst, die dort soll wohnen,
Der jede Säule, jeder Bogen huldigt,
Des Pfeilers Kranz, der Fries, Altar, Kapelle;
Isotta! . . .
(Ugolino zuckt unwillkürlich zusammen und machte eine abwehrende
Bewegung; Sigismondo bemerkt es, faßt ihn ins Auge und spricht
zu ihm:)
Zuckst du, Alter? Stehst so kläglich?
Wie? Oder klagend?
(Auf ihn zuschreitend.)
Gar anklagend?
(Innehaltend.)
Hm!
Auch du erschienst im Traum mir, wenn mir recht ist.
Hab' ich auf dich kein Spottgedicht verfaßt?

Ugolino (betreten).

Mein Fürst ... ich weiß von nichts.

Sigismondo.

Weißt du von nichts?
Und thust sonst wohl allwissend.
(Nachsinnend.)
Aber diesmal
Ich seh' es, hast du recht. Im Traum nur konnt' ich
So meine Zeit vergeuden.

Ugolino (herzlich).

Thut es wachend
Und gönnt mir, ohne Zeugen, Euer Ohr.

Basinio.

Mein Fürst, wollt nicht vergessen, daß schon bald
Zum Fest des Ritterschlages die Geladnen
Sich hier zusammenfinden.

Sigismondo (sich erinnernd, dann zu Bertinoro).

Wahrlich! Lethe
War mit in deinem Trank.

Basinio (leise zu Sigismondo).

Nicht fern ist wohl
Die edle Frau.

Sigismondo (lebhaft zu Basinio).

Ist sie im Schloß?

Basinio.

Noch nicht.
Doch — denk' ich — auf dem Wege schon hierher.

Sigismondo (zu Basinio und Conti).

Geht ihr entgegen!
(Zu Ugolino.)

Dich ding' ich zum Mörder
Der mir verhaßten zögernden Minuten,
Bis sie erscheint.

Conti (zu Bafinio).

Und laſſen wir das Feld ihm?

Bafinio (im Abgehen zu Conti).

Wir müſſen wohl; am End' iſt's nur ſein Schade.
Der alte Graubart, kommt er nah' der Flamme
Des Fürſten, lodert auf wie dürrer Flachs.
Gebt acht, er ſchwaßt ſich einmal um den Hals.
(Ab mit Conti; auch Brugnoli und Bertinoro entfernen ſich,
ſo daß nur Sigismondo und Ugolino auf der Scene bleiben.)

Sechſter Auftritt.

Sigismondo. Ugolino. Ohne die Vorigen.

Sigismondo (für ſich, nachdenklich).

Sie kommt hierher! — Wie konnt' ich dieſes Feſtes
Vergeſſen nur? War doch in allen Wirbeln
Des tollen Traums, der wie ein Strom mich fortriß,
Ihr Bild mir gegenwärtig. Auch wußt' ich,
Daß mir Entſcheidung bringen ſollt' ein Feſt.

Ugolino.

Gebieter!

Sigismondo (auffahrend).

Du noch hier?

Ugolino.

Ihr ſelbſt erlaubtet,
Befahlt ſogar. — Zwar war nur Spott der Schlüſſel,
Mit dem Ihr aufſchloßt dieſen Mund. Gleichwohl
Will ich zurück das treue Wort nicht drängen,
Das Pflicht mich reden heißt. Nicht Zeitvertreib
Iſt's, was ich bringe. Zeit vergeht von ſelbſt ...

Sigismondo (leichthin).

„Und nur die Ewigkeit besteht", ich weiß.
Obschon die Rechnung mir bedenklich scheint,
Da aus dem Magazin der Ewigkeit
Das lange Linnen stammt, das Zeit man nennt.

Ugolino.

Ich bin zu philosophischem Disput
In meinem Leide nicht gestimmt.

Sigismondo (wie oben).

Wer starb dir?

Ugolino.

Mir starb ein Fürst, dem einst ich Lehrer war,
In dessen jungen Geist ich Keime senkte
Zu jeder Tugend. Und sie gingen auf.
Er ward ein Kriegsheld, Freund der Wissenschaft,
Beschützer aller Künste, selbst ein Dichter ...

Sigismondo.

Nimm nicht zuviel in Anspruch, alter Mann.
Hätt' auch zu allem, was du rühmst an mir,
Von meinen Ahnen ich nichts mitgebracht,
Und alles du gepflanzt — eines doch nicht!
Der Verse Melodie gab mir ein Weib.

(Recitierend zu seiner eigenen Lust, den Hörer ganz vergessend.)

„O Vöglein, die so frei ihr nehmt den Flug,
Auf grünen Zweigen lustig euch zu schwingen,
O gebt Geleite mir, ein Sängerzug!
Wir wollen vor der Thür der Liebsten singen.
Auf ihrer Schwelle reiht euch früh vor Tag
Und laßt den süßen Schall ins Ohr ihr bringen,
Daß unsre Rose glühend träumen mag
Von heißer Frühlingsliebe holden Dingen."

(Kleine Pause.)

Ugolino.

Mein Fürst, ich bin zu alt, dies zu verstehn.

Sigismondo (mitleidig geringschätzig).

So alt zu werden hoff' ich nie! — Käm' einmal
Ein Tag, da eines Mundes frische Knospe,
Die lächelnd sich erschließt, nicht mehr in Wallung
Das Blut mir brächte, da ein Pfeil aus Augen
Der Jugend elend müßte stecken bleiben
In meines Angesichtes Runzeln, — lieber
Dann läg' ich in der Gruft, als an der Sonne
Saftlos wie ein erstorbner Baum zu stehn.

Ugolino.

Um solchen Baum schlingt Ephen seine Ranken
Und spendet bis hinauf zum stolzen Wipfel
Dem trauten Freund sein eignes junges Grün.
Mein Fürst — verzeiht! — ein Ephen, treu und edel,
Rankt auch an Euch empor, ist eingesenkt
Mit innigem Gefühl in Euer Leben,
Mit jedem Blatt zu eigen Euch allein.
Warum denkt Ihr daran, ihn auszurotten?
Warum von unsrer vielgeliebten Fürstin
Kehrt Ihr Euch ab und tötet sie mit Frost . . .?

Sigismondo (zornig).

Was wagst du?

Ugolino.

Was das Herz mich treibt zu sagen,
Da ich den Schmerz der edlen Fürstin sehe.
O! tausch der keuschen Liebe Demant nicht
An buntes Glas! —

Sigismondo (heftig).

In diesem Ton nicht weiter!
Bei deinem Leben!

Ugolino (sich bezwingend).

Sei's. — Nichts mehr von ihr!
Nur noch von diesem Fest, das Ihr bereitet.
Blieb Euch allein, mein Fürst, es denn verborgen,
Daß dieser Jüngling, dem Ihr Ritterehre
Habt zugedacht, bar aller Tugend ist,
Ein Tollkopf, der mit wilden Spießgesellen
Das Land durchstreift, einsame Weiler schreckt,
Am Weg den Wandrer brandschatzt und den Raub
Auf Würfelaugen setzt beim Zechgelage,
Ja, der sich rühmt, als wär's ein Ehrenpreis,
Daß die Matronen Riminis verschließen
Vor seinen frechen Blicken ihre Töchter?

Sigismondo.

Bei Hasen nicht noch Rehen fragt man an,
Des jungen Löwen Leumund zu erfahren.
Weil deinesgleichen nur als zahme Herde
Das Leben hofft in Wohlsein zuzubringen,
Habt ihr ein jämmerlich Idol geschaffen
Aus wiesenblümchensanften Tugenden:
Fleiß, Mäßigkeit, Bescheidenheit, Wohlwollen,
Mitleid, Gemeinsinn, Rücksicht — und ihr wollt,
Dies sei die einzig noch erlaubte Art
Des Menschentums.   Ha! solche Fratze! Sieh doch,
Ob Adler nach Gesetzen eines Pferdes
Den freien Flug um Felsenstirnen zirkeln?
Mir ist Gesetz die adlige Natur,
Die mir im Blute lebt, die ich gemessen
Dort, wo im Wechsel weniger Sekunden
Sich Tod und Leben brünstig heiß umarmen,
Im Schlachtgewühl.   Da hab' ich sie erkannt
Und folg' ihr, ihr allein, nicht solchem Trugbild,
Das eure Schwäche nur verbergen soll.

Ugolino.

Die adlige Natur! Ein stolzes Wort.
Doch dieses Wunder ist ein Fabelwesen
Gleich dem Centauren, der, von vorn gesehn,
Ein trotz'ger Halbgott scheint und doch ein Tier ist!
Die adlige Natur! — Ich alter Mann
Erwäg' oft, was in alter Zeit geschah,
In diesem unserm Rimini geschah.
Seufzt nicht um Mitternacht Francescas Schatten
In diesen Mauern? Weiß ich nicht ein Schwert,
Auf dessen Klinge dunkle Flecken zeugen
Von Brudermord? Denn nicht die zahme Herde
Nur fällt dem Raubtierzahn. Euch selbst zerfleischt ihr,
Ihr adligen Naturen! Führt ein Ahnherr
Aus Eurem Stamm den Namen nicht: „Verwüster
Des eigenen Geschlechts?" Wenn von Ferrara
Der Wind zu uns die Wolken scheucht, trägt er
Nicht auch den Namen Parisina her,
Die unsres Hauses war und dort im Kerker
Ihr lockig Haupt beugt' auf den Block des Henkers,
Weil sie die Treue brach, weil — mehr als Pflicht —
Ihr Sünde süß war? — O! glaub' es dem Greise:
Was adlige Natur du nennst, ist nichts,
Als daß die niedere Natur sich frei macht
Wie Rosse, die den Herrn zum Abgrund schleifen.

Sigismondo.

Mattherz'ger Greis! Willst einem Wagenlenker
Du raten, daß er töte seine Rosse,
Weil, wenn die Erde tönt von ihren Hufen,
Dein feiges Herz erbebt? Er aber jauchzt!
Verstehe, daß ich fahren will, du Narr!
Und hüte dich, auf meiner Bahn zu stehn.
Diesmal lenk' ich die Räder nicht vorbei
Und seh' nicht um, wenn's blutend hinter mir
Im Staube zuckt.

(In die Scene blickend, mit plötzlich verändertem Ausdruck.)

Ah! eitles Wort, verstumme!

Hier naht, was uns zu stolzer That entzündet.

(Zu Ugolino.)

Fort, Winterschnee! — Jetzt läuten Frühlingsglocken.

(Während dieser Worte ist Jsotta im Hintergrund sichtbar geworden,
von Basinio und Conti und zwei Frauen geleitet. Sigismondo geht ihr entgegen; die vier Begleiter ziehen sich zurück.
Ugolino verläßt nach einer andern Seite die Scene.)

Ugolino (im Abgehen).

Sie ist's. Im hellen Festgewande tritt
Das dunkle Schicksal in dies Fürstenhaus.
Auch mich, du Feindliche, wirst du zertreten.
Fluch dir, die, gleich dem erstgeschaffnen Weibe,
Du Sünde bringst mit dir und bittern Tod. (Ab.)

Siebenter Auftritt.

Sigismondo. Jsotta.

Sigismondo (sie führend).

Endlich! schöne Grausamkeit.
Ist es wirklich? Sind bezwungen
Deine zagenden Bedenken?
Flattert als ein Nebelwölkchen,
Das zerfließt am Morgenhimmel,
Das Geheimnis unsres Bundes,
Und bist du nun völlig mein?
Zwar nicht reuen mich die Stunden,
Da wir im Verborgnen naschten,
Da ein sanft bukolisch Lied
Unsre Liebe war. Doch heute —
Wie ein Meister, der in Tönen
Dichtet — geb' ich stolz und feurig
An heroische Trompeten
Weiter diese Melodie.

Denn es kann Schalmei nicht bleiben,
Was in ferne Zeiten noch
Die Posaune Famas schmettert:
„Sigismondo und Isotta!"
Schöne Herrin meines Herzens,
Fürstin deines Fürsten! dreimal
Hochwillkommen hier! Du wandelst
Dieses meerumspülte Schloß mir
In der schaumgebornen Göttin
Muschelwagen. Doch nun, Perle,
Gib zu schlürfen dich den Lippen,
Die dein allzulang entbehrt.

(Will sie küssen.)

Isotta (zurücktretend).

Und wenn hier nicht den Geliebten —
Wenn ich nur den Fürsten suchte?
Zuflucht nur und Schutz begehrte,
Nicht ein märchenhaftes Glück,
Das nur weckt des Neides Furien?

Sigismondo (überrascht).

Wie? verwirrte so mich Freude,
Daß jetzt erst die holden Sterne
Meines Lebens recht ich schaue,
Wie in feuchtem Thau sie schwimmen,
Der doch nicht vermag zu dämpfen
Ihre Glut! Was ist geschehn?

Isotta.

Schmach erlitt ich, und verwüstet
Sind mir dieses Tages Ehren,
Welk die Kränze dieser Halle,
Drachenzungen diese Wimpel,
Die mir Hohn entgegenzischen,

Meiner, unsrer Feinde Hohn.
Sieh!

(Ein Blatt Papier hervorziehend.)

Noch eh' ich hier erschienen,
Brauten schon sie solchen Willkomm.
Noch sind's Worte nur des Hasses,
Doch von Worten kommt's zu Thaten,
Reizt sie meine Gegenwart.

(Reicht ihm das Blatt.)

Sigismondo (nach einem Blick darauf).

Sprich, was ist's? Wie Blut und Feuer
Flirrt mir's vor den Augen.

Jsotta.

Nächtens
Ward an meines Hauses Pforten
Dies geheftet. Verse sind es,
Nein! in Gift getauchte Dolche! . . .

Sigismondo (auf das Blatt blickend).

Ist's nicht Red' und Gegenrede?

Jsotta.

Ja! Ein Zwiegespräch, ein tolles,
Sann sich aus der freche Spötter.
Meinen toten Vater holt er
Aus der Gruft, legt in den Mund ihm
Zorn'gen Tadel meiner Liebe,
Läßt mit Scheltwort und mit Schmähung
Ihn bestürmen mich: „Zu bergen
„Meine Schmach in eines Klosters
„Dunkler Zelle, wo kein Auge
„Sieht des Schuldbewußtseins Röte,
„Die mir bis ins Stirnhaar steigt."

Sigismondo.

Nun doch zwing' ich mich und les' es
Selbst. Zu lieblich macht dein Mund mir
Sonst Beschimpfung.

(Nach kurzem Blick auf das Blatt.)

Sieh, hier gibst du
Antwort deinem Vater.

Isotta

(viel ruhiger, mit gestilltem Zorn, man merkt ihr innere
Befriedigung an).

Teufel
Bannt geheime Macht zuweilen,
Daß die Wahrheit sie bekennen.
So dem schurkischen Poeten
Auch ward Lügen hier zu schwer.

Sigismondo

(scherzhaft; sie unterm Kinn fassend).

Ei! Welch Wunder läßt den Waldstrom,
Der von Klippe sich zu Klippe
Zornig warf, auf einmal münden
In so sanfte Bucht? Wie Sammet
Ruht die glatte grüne Welle.

(In das Blatt blickend.)

Sehn wir nach, wie das geschah!

(Mit überlegenem Humor.)

Ah, du Böse! — Weil der Dichter
Hier dich sagen läßt, daß lange
Du dich sträubtest, viele Monde
Schmachten ließest den Bewerber,
Manchen Sturm abschlugst und spät erst
Dem Belagrer dich ergabst,
Darum sänftigt sich dein Zürnen?
Das gefällt dir?

Isotta
(sich an ihn schmiegend und mit ihm ins Blatt sehend).

Lies doch weiter.

Sigismondo.

Nun! hier folgt ein ganz Verzeichnis
Aller Schönen, die vor Zeiten
Jovis arger List erlagen.
Keine fehlt. Vor deinem Vater
Rufst als Zeugen du sie alle —

Isotta
(mit gespieltem Temperamentausbruch).

Daß umsonst die arme Nymphe
Möcht' entschlüpfen, wo auf Freite
Jupiter, der Große, geht!
(Sich ihm an die Brust werfend.)
Dieses Wort, mein Jupiter,
Konnte mich beinah' versöhnen.

Sigismondo
(sie in der Umarmung haltend).

Und wie soll den Buben ich nun
Strafen, der mir so die Arme
Bindet? Wär' es gar Cupido?

Isotta
(sich losmachend, mit Feuer).

Nein, mein Jupiter! Jetzt schleudre
Deinen Donnerkeil und ziele
Gut, daß du nicht fehlst den Schuld'gen.

Sigismondo.
Ahnst du ihn?

Isotta.
Verstellte Schrift zwar
Zeigt das Blatt. Doch ist verritten

Diese Nacht — und das verrät ihn
Jener eitle Verseschmied
Aus Neapel —

Sigismondo.

Wie? Porcellio?
In der That! es gleicht dem dreisten
Musensohn solch freules Spiel.
Nie konnt' er die Zunge zähmen,
Und ein Witzwort war ihm heil'ger
Als des eignen Vaters Gruft.
Doch war's köstlich, wenn die beiden
Hauspoeten wütend manchmal
Sich im Hahnenkampfe hackten
Um ein nichts, um einen Reimklang,
Eine falsch betonte Silbe,
Die der andre doch nicht preisgab.
Waren Hühnlein gar zugegen,
Hui! wie sträubten sie die Federn,
Wie sprang einer immer höher
Als der andre. Doch gewandter
War der kleine schwarze Teufel
Aus Neapel und blieb lustig
Noch im heißesten Gefecht,
Während schwer es nahm Basinio,
Seine Wut in sich hineinfraß
Und — man sah es wohl — im stillen
Rache brütete. Vermutlich
Hielt sein Leben gar gefährdet
Hier Porcellio. So entfloh er.
Doch als jener Teufelsküche,
Die am Golf Neapels dampft,
Echter Sohn mußt' er im Fliehen
Schweflichten Gestank uns lassen.

(Auf das Blatt deutend.)

Das ist alles, zorn'ge Göttin,
Und kaum unsres Atems wert.

Isotta.

Ja, wenn nur des flücht'gen Buben
Werk dies war, nicht andrer, Größrer,
Die hier in der Nähe weilen.

Sigismondo.

Wie? Mitschuld'ge hier? Wen meinst du?

Isotta.

Gern verhehlt' ich's; denn es könnte
Meine Spur hinauf gar reichen
Nah' zur Fürstin . . .

Sigismondo (ungeduldig).

Namen! Namen!

Isotta.

Ugolino . . .

Sigismondo.

Ugolino!

Isotta.

Den mein Bruder selbst belauschte,
Wie nach Sonnenuntergang
Gestern er geheim verkehrte
Mit dem nun entflohnen Lästrer,
Ihm Briefschaften übergab.

Sigismondo (zornig).

Wie? Gibt's Schleichjagd? Stellt dem Löwen
Netze man?
(Klingelt. Zu dem augenblicklich eintretenden Pagen.)
Ruf Ugolino.
Auch die andern Herrn befehl' ich.
(Page ab.)

Jsotta.

Teurer Herr, ist nicht zu hastig
Diese Flamme?

Sigismondo (unmutig).

Wer rief eben
Noch nach Jovis Donnerkeil?

Jsotta (schmeichelnd).

Und bangt jetzt wie Semele,
Als zu schauen sie begehrte
Des Gewalt'gen Majestät,
Und in seinen Feuerarmen
Dann verging.

Sigismondo.

Was fürchtest du?

Jsotta.

Nichts für mich. Doch viel für andre.
(Lauernd.)
Wie, wenn diesen Pfeil der Lästrung
Uns befiedert hätte — laß mich
Bei dem Gleichnis bleiben — Juno?

Sigismondo (wild auffahrend).

Dann! . . .
(Ruhiger.)
Doch nie kann dieses sein.
Sie wird kämpfen zwar, ich fühl' es,
Um ihr Recht — wie sie's betrachtet —,
Doch mit solchen Waffen nicht.

Jsotta.

Und mit welchen andern?

Sigismondo (düster).

Offen
Trotzt vielleicht sie unserm Bunde.
Eine Tochter Sforzas, wappnet
Sie mit Hochmut sich und fordert
Mich zum Aeußersten heraus.

Isotta (mit gespielter Furcht).

Wie dann helf' ich mir, wenn Kränkung,
Wenn Beschimpfung sie mir bietet?

Sigismondo (zärtlich).

Hülle dich in stolzes Schweigen.
Zwischen Erd' und Himmel ist nicht
Höhre Majestät als Schönheit,
Die Unbilde stumm erträgt.
(Sehr ferne Musik.)
Und nur desto hellre Glorie
Leg' ich selbst um deinen Scheitel.
Horch! schon in der Ferne klingen
Die Trompeten, die zum Feste
Deinen Bruder hergeleiten.
Schon im Vorsaal wächst der Stimmen
Murmeln; Gäste sind's, geladen,
Dich zu schaun an meiner Seite.
Erst den Herren meines Hofes
Zeig' ich dich erhöht. Sie kommen.
Tritt hier neben mich und glaube,
Daß ein starker Arm dich hält.

(Hat bei den letzten Worten Isotta die Stufen der kleinen Estrade
links im Vordergrund emporgeführt, wo er mit ihr auf den bereit-
stehenden Stühlen Platz nimmt.)

Achter Auftritt.

Eintritt der Hofherren: **Pasinio, Conti, Brugnoli, Ugolino** und **Bertinoro.** Im Hintergrund halten sich **Pagen** und **Trabanten**. **Die Vorigen.**

Sigismondo

(Isotta die Hand reichend und sie bis an den Rand der Stufen führend).

Begrüßt, ihr Herrn, die Zierde Riminis.
Begrüßt Isotta degli Atti.
(Verneigung aller.)
An unsrer Seite feiert heute sie
Des Bruders Ehrentag und wird auch künftig
Mit ihrem klugen Sinn und ihrer Huld
Uns fern nicht sein.

Pasinio (hinkniend).

Vergönnt zuerst dem Dichter,
— Doch nicht, weil's Dichtervorrecht ist, andächtig,
Wie vor dem Sakrament, vor schönen Frauen
Das Knie zu beugen, nein! weil's frohe Pflicht
Jetzt jedes treuen Unterthans, — in Ehrfurcht
Euch so zu grüßen.
(Erhebt sich auf einen Wink Isottas.)

Conti.

Heil Euch, hohe Frau!
Welch schöner Sinnbild gäb' es für den Bund,
Der Fürst und Volk vereint, als daß dem Herrscher
Die Edelste der Bürgerinnen Freundin?
In Euch sind wir geehrt und huld'gen dankbar.
(Isotta setzt sich.)

Ugolino (mit Empörung zu Bertinoro).

Das ist ein falsches Kartenspiel: Zwei Damen
Auf einen König und — so viele Buben!

Sigismondo

(der ihn scharf ins Auge gefaßt hat, jetzt über ihn hinweg).

Laß hören, Bertinoro, kluger Arzt
Und Kenner der Natur: wirkt nicht die Nachtluft
Um diese Zeit des Jahres manchmal Fieber?
Ist's rätlich, daß ein alter Mann noch spät
Schleicht in den Gassen? Könnt' er nicht dem Tod
Auf solchem Weg begegnen? Ei! du denkst:
„So närr'schen Greis gibt's nicht" — und neben dir
Doch steht er.

(Auf Ugolino deutend.)

Sieh ihn an. Wär's ihm nicht besser,
Er ginge früh zu Bett? Wie bleich er ist,
Der blassen Luna Hoflivrei im Antlitz!

Ugolino.

Mein Fürst . . . geht das auf mich? . . . ich fasse nicht . . .

Sigismondo (mit vollem Zornesausbruch).

Ich fasse dich! — Verräter! Wohin floh
Porcellio?

(Bewegung unter den Hofherren.)

Ugolino.

Porcellio? . . .

Sigismondo.

Nicht öden Wiederhall
Des eignen Worts begehr' ich. Wohin floh er?

Ugolino.

In seine Heimat.

Sigismondo.
Welche Straße?

Ugolino.

Rom.

Sigismondo.

Brugnoli! Meines Marstalls schnellste Renner
Wähl' aus. Hauptmann Simone mit zwei Reis'gen
Send auf des Flüchtlings Fährte, daß sie mir
Lebendig oder tot den — Dichter liefern. (Brugnoli ab.)
(Zu Ugolino.)
Und du? Was stecktest du mit ihm zusammen,
Bevor er floh? Was habt ihr ausgeheckt?

Ugolino.

Ich? . . . nichts.

Sigismondo
(das Blatt hervorziehend und es Ugolino vor die Füße werfend).

Dein Todesurteil, wenn ein Quentchen
Auch deines Witzes steckt in diesen Versen,
Ja, wenn auch nur mit deinem Wissen er
Sie an die Thür geheftet, die so teuer
Mir, wie des Paradieses Pforten Gläub'gen.

Ugolino
(hat das Papier aufgenommen und angesehen).

Der Unbesonnene! — Doch keine Schuld
Hab' ich an diesem.

Sigismondo.

Dies machst du nur glaubhaft,
Wenn du bekennst, was sonst mit ihm du kochtest.

Ugolino (nach kurzem Kampf).

Ich . . . nichts. Nicht dieses noch ein andres.

Bertinoro (beiseite).

Tapfrer
Verlorner Mann! Da faßt ihn nun das Unglück,
Daß er nach Rom die Botschaft half bestellen
Und nicht bekennen darf, daß er's gethan.
(Die Musik mit Antonios Zug wird im Schloßhof bemerkbar.)

Sigismondo.

Hier ist nicht länger Zeit noch Ort zu Weiterm.
Der Flüchtling ward zuletzt mit dir gesehn.
Du gabst Briefschaften ihm, vielleicht auch dieses.
So bist verdächtig du des Hochverrates
Und vor dem Urteil noch von Schuldbeweisen
Schon halb erdrückt. He! Wachen! In den Kerker
Führt den verstockten Mann. Vielleicht bedenkst du
Noch zeitig, daß die sprödeste der Zungen
In Malatestas Kerkern schwatzhaft wird.

Ugolino (in der Mitte der Trabanten).

Mir ist des Kerkers Nacht willkommener
Als dieser helle Tag mit solchem Schauspiel.
Wär' ich erblindet, eh' ich's sah. — So geh' ich
Und mit mir jener Römerin Gedächtnis,
Die ihre blut'ge Zunge dem Tyrannen
Ins Antlitz spie. (Wird hinausgeführt.)

Bertinoro (beiseite).

Die Fürstin kann allein
Ihn retten noch; ihr bring' ich schleunig Kunde.
(Entfernt sich auf nicht auffällige Weise.)

Sigismondo
(zu den Hofherren, in verändertem, leichtem Ton).

Wundert's euch, daß ich den Henker
Ihm nicht eilends folgen heiße?
Daß so frevles Wort nicht schleunig
Ewiges Verstummen tilgt?
Solches Wunder wirkt der Zauber
Unsrer holden Freundin.
(Zu Isotta.)
Blicke
Hell, geliebte Frau! Der Schatten

Dieser Wolke zog vorüber,
Und nur goldner strahlt der Tag.

(Zu den Trabanten.)

Oeffnet jene Pforten.

(Zu Jsotta.)

Sieh!

Unsrer abligen Geschlechter
Auserles'ne Fraun und Männer
Nahen dir.

(Der Hintergrund füllt sich, dieser Rede entsprechend, mit geschmückten
Gästen, Rittern und Damen, unter ihnen [stumme Personen] Graf
Borbona mit seiner Nichte Ermelinda.)

Wie herrlich schreitet
Dort das hohe deutsche Mädchen,
Ermelinda, Graf Borbonas
Nichte, die er aus der Fremde
Kürzlich in sein Haus geführt.
Diese lud ich ein vornehmlich,
Deine Stärke dir zu zeigen.

Jsotta.

Meine Stärke? wie? mein Fürst?

Sigismondo.

Weil — gäb's nicht ein sel'ger Glück —
Jupiter der Schwan wohl möchte
Dieser nord'schen Leda sein.
Doch so fürchte nichts; in Banden
Lieg' ich, die ich nie zerreiße.
Laß mich selbst die Waise bringen,
Deiner Huld sie zu befehlen.

(Steigt die Stufen hinab, begrüßt den Grafen Borbona und Ermelinda, auch andre Anwesende.)

Jsotta (beiseite).

Nichts hätt' ich zu fürchten? — heute —
Ja! — doch wer bürgt mir für morgen?

Noch nicht Herrin und gefährdet
Schon in meinen künft'gen Rechten?
So verdrängt, wie ich verdränge?
Doch — noch andre Falken fliegen
Um die Taube; meinem Bruder
Auch hat sie den Sinn berückt.
Nicht erst braucht es, ihn zu reizen,
Nur zurück ihn nicht zu halten
Von verwegner That.

Sigismondo
(Ermelinda an der Hand vor Isotta führend).

Durch holde
Fügung sollen sich begegnen
Schwesterlich geschaffne Töchter
Jener großen Bildnerin,
Die in zwei entlegnen Ländern
Einen ihrer schönsten Träume
Zweimal träumte.
Laß dies holde
Fräulein dir befohlen sein.

Isotta.
Sei willkommen, edles Mädchen!
Und mag jeder Wunsch des Herzens,
Den du aus dem Land der Tannen
Trugst hierher, sich dir erfüllen
Hier im Lande der Cypressen.
Bleib mir nahe.
(Nach einem Handkuß nimmt Ermelinda rechts neben Isotta
Aufstellung.)

Sigismondo.
Seht! Brugnoli!

Neunter Auftritt.

Brugnoli. Die Vorigen.

Brugnoli.

Herr! Vollbracht ward, was Ihr auftrugt.
Auf der Straße jagt Simone —

Sigismondo (kurz auflachend).

Pegasus mit Berberhengsten.
Gut. Geleite jetzt Antonio
In den Saal. Es soll dein Amt sein,
Ihm den Degen umzugürten.
(Brugnoli ab.)

Sigismondo
(einem Pagen winkend, der einen mit Goldbukaten gefüllten Pokal
herbeibringt. Zu Isotta).

Diesen Becher, der von Gold schwillt,
Wie der Schoß einst Danaes,
Sollst dem Bruder du kredenzen.
Heut' auch schenk' ich ihm die Zölle
Von Rasano; doch die Sporen
Sandte Guido von Urbino.
So ehrt man — freu dich — den Schwager
Riminis.

Isotta.
Noch ist er's nicht.
Und ich, zwar in Dank erglühend,
Fühl' — ach! — eine zweite Glut noch,
Da so viele Blicke forschend
Auf mir ruhn, als fragten alle:
Wer denn bist du? wie denn nennt sich
Dein Erscheinen?

Sigismondo.

Mit den Augen
Des Triumphes, wie mit Sonnen,
Blende du ihr blödes Blinzeln.
Jene Gottheit, die den seidnen
Mantel einst um Evas nackte
Majestät gegossen, hat dich
Auch bediademt. So trage
Deine Krone stolz. Von jenen
Bist du, die seit Weltenanfang
Fürstlich sind aus eigner Kraft.

Zehnter Auftritt.

Musik. Aufzug **Antonio degli Atti's** mit einer Schar von **Jüng-
lingen.** Voran schreitet **Brugnoli.**
Als Antonio Sigismondo gegenüber angelangt ist, schweigt die
Musik.

Sigismondo
(neben der sitzenden Isotta stehend, feierlich).

Antonio, tritt näher! Und ihr alle,
Die dieses Weiheaktes Zeugen ihr,
Vernehmt, bevor mein Ritterschwert sich senkt
Auf dieses Jünglings Haupt, vernehmt mein Wort.
Nicht alte Formeln sprech' ich nach, Gebote
Zum Schutz der Kirche, Frauendienst und anderm,
Die euch bekannte Litanei. — Sei tapfer!
Das werf' ich dir wie einen einz'gen Blitz,
Der blendend übers Firmament hinflammt,
In dein Gemüt. Mach hart und stark dein Herz.
So lehrt's Natur, die ihren hellsten Sohn,
Den Demant, also schuf, daß er zwar schneidet,
Was an Geschwistern ihm die Mutter gab,
Doch selbst nicht Schnitt erduldet . . .
(Seinen Degen ziehend.)

... Und also frag' ich dich: Ist willig
Dein Herz zum trotz'gen Endspiel mit dem Tode?

Antonio.

Mein Fürst! Als deine Thaten du vollbrachtest,
Hieltst du geheim sie, bis sie selber schrieen
Den Namen Malatesta in die Welt.
Hierin auch meinem hohen Vorbild treu
Zu folgen, sei gestattet mir. Doch sagt mir
In diesem Ring von Tapferkeit und — Schönheit
Ein loderndes Gefühl, daß starken Herzens
Auch ich nach höchstem Preise ringen kann.

(Bei diesen letzten Worten haben seine Blicke auf dem deutschen
Edelfräulein Ermelinda geruht.)

Sigismondo.

Wohlan! So magst empfangen du die Zeichen
Der Ritterschaft — —

(Hält inne, da eine Bewegung der Versammlung im Hintergrund
entsteht.)

Elfter Auftritt.

Die Vorigen. Ein Kämmerer mit Stab; bald nachher die Fürstin
Polissena, begleitet von Pertinoro, ihrer tartarischen Sklavin Hata
und zwei Pagen; alle diese von rechts.

Kämmerer.

Die Fürstin naht, Gebieter!

Isotta (in großer Bewegung zu Sigismondo).

Die Fürstin!

Sigismondo.

Wagt sie's? Sucht sie die Entscheidung
In offner Schlacht?

(Zu den Dienern.)

Setzt einen Stuhl hierher.

(Ein dritter Armstuhl wird gebracht und so gestellt, daß der Stuhl
des Fürsten die Mitte einnimmt. Polissena ist inzwischen sichtbar
geworden und schreitet gegen den Vordergrund vor; ihre Begleiter
bleiben im Hintergrund stehen.)

Sigismondo

(ihr einige Schritte entgegen, den entblößten Degen in der Hand).

Fürstin! Wir ahnten nicht, daß unserm Feste
Die Gunst Ihr schenken würdet Eures Anblicks.
Wie? Hattet Ihr nicht Kopfschmerz, als zuletzt
Wir uns gesehn? Gewiß! so war's. Ihr sagtet,
Ihr würdet nicht zu diesem Fest erscheinen.
Dies prägte sich mir ein. — So haben hier,
Nicht Euer mehr gewärtig, wir begonnen.
Und Ihr nun tretet, wie Ihr selbst es seht,
(Mit drohendem Ausdruck.)
Vor ein gezücktes Schwert, das eben ausholt
(ruhiger)
Zum Ritterschlag.

Polissena.

Macht fort nur, schafft nur Ritter,
Wie Gott den Menschen schuf aus schlechtem Thon,
Und hebt empor, was niedrig, nach Belieben.
Uns ward nicht Macht verliehn, es Euch zu wehren.
Doch führt ein andres uns hierher.

Sigismondo.

Ihr werdet
Es dort uns anvertraun.
(Auf den Stuhl deutend.)
Beliebt es Euch?

Polissena (Jsotta ins Auge fassend, für sich).

Schön, — ja! doch gleißt ein scheues, falsches Licht
In ihren Augen, und sie funkeln grausam.
Zu sehr — ach! — seinesgleichen! Nichts mehr hoff' ich.
Zerrieben wird von diesen harten Steinen
Das weiche Weizenkorn. Doch sollte würdig
Die Tochter Sforzas untergehn.

Sigismondo (ungeduldig).

Ihr zaudert?

Polissena.

Nach einem braven Manne sucht mein Blick
In diesem Rund, nach einem greisen Haupte,
Das teuer mir. Wo habt Ihr Ugolino?

Sigismondo.

Im Kerker.

Polissena.

So ward mir gesagt, doch wollt' ich's
Nicht glauben. Gebt ihn frei! Denn jene Schuld,
Für die er büßt, ist ganz allein die meine.

(Hier treten Polissena und Sigismondo ganz in die Mitte des Vordergrundes, so daß das folgende Gespräch anfänglich unter ihnen ist.)

Sigismondo.

Wie soll ich Euch verstehn?

Polissena.

Schlicht, wie ich spreche.
Die Briefschaft, die er jenem Boten gab,
Sie kam von mir.

Sigismondo.

Und ist an wen gerichtet?

Polissena.

An aller Gläub'gen Vater —

Sigismondo.

An den Papst!
Wie? Fürstin! Sendet Ihr geheime Botschaft
Den Feinden Eures Gatten? Und Ihr wagt,
Den loszubitten, der dergleichen fördert?

Polissena.

Doch kennt er nicht den Inhalt meines Schreibens.

Sigismondo (triumphierend).

Ich werd' ihn kennen. Meine Reiter jagen
Auf Eures Sendlings Spur. Was werd' ich lesen?

Polissena
(nicht in gereiztem, nur in traurigem Ton).

Was Euch vielleicht zu späte Reue weckt.

Sigismondo.

Mir das? Bist du von Sinnen, Weib?

Polissena (herzlich).

Ein Sinn,
Ein holder, guter, den Ihr nicht verdient,
Lag in dem Wort, das Euer Blut erhitzt.
Ich spräche mehr davon. Doch nicht geziemt mir,
Hier zu entschuld'gen mich ... Und Eure Reiter,
Sie werden's Euch ja bringen, wenn es Zeit ist.
Nur um den Greis erneu' ich meine Bitte.

Sigismondo.

Es liegt noch mehr Verdacht auf ihm. Vielleicht
Ging von ihm aus ein frevelnd Spottgedicht
Auf dieses Festes Königin. Ihr selbst
Seid nicht ganz frei vom Argwohn, daß die Hand
Dabei im Spiel Ihr hattet. Widerlegt es
Und schafft zugleich die Freiheit Eurem Diener,
Indem Ihr, da Ihr hier erschienen seid,
Nun auch den Platz einnehmt, der Euch gebührt.
(Auf die drei Stühle deutend).

Polissena (in edlem Zorn erglühend.)

Wagt Ihr im Ernst mir das zu bieten, Herr?
Der angetrauten Gattin, Mailands Tochter,
Bei solcher Orgie der Schmach den Vorsitz?
Glaubt Ihr, daß Ehre Schande tilgen kann,
Indem sie teilt mit ihr dasselbe Polster?

Soll ich vielleicht mit meinen Farben schmücken
Den Bruder der gefäll'gen Schönen dort,
Den Ihr — falschmünzerisch — zum Ritter schlagt?

Sigismondo (wütend).

Du büßest mir dies Wort! — Mit ihren Farben
Schmück' ich die eigne Brust. Sieh her! Sieh her!
(Er eilt auf Isotta zu und entreißt ihr ein Band, das er sich selbst
anheftet. Drohend gegen Polissena.)
Du hast vergessen, daß der Rubikon
Durch mein Gebiet fließt, Cäsars Rubikon,
Der Fluß der unaufhaltsamen Entscheidung.
Sei Krieg denn zwischen uns! Biet' auf die Heerschar,
Die dir der Himmel schickt, du Tugendfürstin.
Und ihn auch, der auf Erden hält in Händen
Des Himmels Schlüssel, reiz' ihn gegen mich.
Nichts fürcht' ich. Doch von Haß schwillt mir die Seele,
Denk' ich des Zugs der wallenden Gespenster,
Blutloser Schemen, die als deine Heil'gen
Zum Kampf du aufrufst wider Kraft und Schönheit.

Polissena (sehr hoheitsvoll).

Schmähst du die guten Geister aus der Höhe,
Die niedersteigen in des Menschen Herz
Und seiner dumpfen Tierheit düstre Glut
Zu reiner, heller Himmelsflamme läutern?
Ja! schmähen mußt du sie, die eins vor allem
Uns Menschen lehren: daß wir Treue halten.
Doch schmähst du sie umsonst! sie hören's nicht.
Sie sind weit fort von hier. In dieser Halle,
Wo jetzt ein üpp'ges Aehrenfeld der Sünde,
Zum Schneiden reif, entgegenschwillt der Sichel,
Rauscht keines guten Engels Fittich mehr.
(Im Abgehen.)
Auch meines Bleibens ist nicht länger hier.
So seid ihr unter euch. Kein ehrlich Auge
Mit mut'gem Blitz kreuzt deine bloße Klinge,

Wenn jetzt — o ritterlicher Fürst! — zum Ritter
Du schlägst den Bruder deiner — Buhlerin!   (Ab.)

Isotta (aufspringend).

Zuviel der Schmach!...

Sigismondo (mit furchtbarem Ausdruck).

Sei ruhig. — Irrereden
In hitz'gem Fieber deutet nahen Tod.

(Indem er Antonio herbeiwinkt zum Empfang des Ritterschlags und
dieser vor Sigismondo niederkniet, der den Arm mit dem Schwert
emporhebt, fällt der Vorhang rasch.)

————

Dritter Aufzug.

Scene: Hoher Saal im Malatestapalast in Rimini. Im Hintergrund Mittelthür nach einer Galerie; rechts Eingang zu den Gemächern der Fürstin Polissena, links ebenfalls eine Thür, die zu den
von Isotta bewohnten Gemächern führt. Große seitliche Pfeiler.
In der vorderen Hälfte der Bühne, links, ein länglicher schmaler
Tisch, zwei altertümliche Stühle mit hohen Lehnen, sonst kein
Hausrat.

Erster Auftritt.

Basinio (allein).

Wie soll unsereiner nicht
Eitel werden, wenn wir Zwerge
So die Riesen tanzen lassen?
(Auflachend.)
Dieser machtberauschte Herrscher,
Dem sein Wille nur Gesetz ist,
Leicht lenkt ihn trotz seinem Prahlen
Plumpe List sogar! — Verneinung
Haßt er. So vernein' ich klüglich,
Wo ich will, daß er bejahe.
Und, wo er verwerfen soll,
Stimm' ich zu mit Uebereifer,
Bis durch Lob ich ihm verleide,
Was ihm wert war. Ihn zu härten
Für Gewaltthat, zeige sanften
Ausweg ich dem halb Entschloss'nen,
Dann gewiß geht er den rauhen.

So auch jetzt! — Den Mord der Fürstin
Wälzt sein Sinn. Doch lähmt ein Zaudern
Noch die schon gespreizte Kralle,
Und im Muskel läuft ein Schauder.
Darum widerrat' ich warnend
Ihm die That, und er — begeht sie.
Er soll sie vollbringen! — Sünde
Macht den Herrn zum Knecht des Knechtes.

(In die Scene blickend.)

Sieh! dort unsre künft'ge Fürstin!
Sie auch mach' ich mir zinspflichtig,
Ihr vorspiegelnd, daß noch sicher
Nicht ihr Sieg ist, daß beim Fürsten
Ihre Feindin zu entwurzeln
Mir allein, nicht ihr gelingt.
Still! sie kommt.

Zweiter Auftritt.

Isotta, von der Galerie her, von rechts nach links schreitend.
Der Vorige.

Isotta.

Basinio!
Hast für mich du gute Zeitung?

Basinio.

Wie Ihr's aufnehmt, edle Herrin.
Da sein erster Zorn verraucht ist,
Spricht der Fürst gelassen, milder
Von Polissena. Wer gestern,
Als beim Fest sie so ihn reizte,
Seine Wut gesehn, begreift nicht,
Daß sie heute noch am Leben.
Doch sie lebt. — Wenn diese Zeitung,
Nun nicht stimmt zu meinen Wünschen,

Heißt Ihr selbst vielleicht doch gut sie,
Da Ihr sanft und edel seid.

Isotta (zornig).

Was verstellst du dich und willst auch,
Daß ich's thue? Sei zu fein nicht.
Feine Spitzen brechen leicht.
Eine von uns beiden Frauen
Ist zuviel in diesem Hause,
Das weißt du, wie ich es weiß.

Basinio.

Hohe Fürstin! — denn das seid Ihr
Schon für mich — vergebt dem Manne,
Der seit manchem Jahre wandelt
Auf ital'scher Fürstenhöfe
Glatten Marmorfliesen. Glaubt mir:
Wenn ich eben jetzt Verstellung
Auf die Zung' Euch legte, wollt' ich
Nur andeuten, wie es nützlich,
Daß Ihr gänzlich diesem Kampfe
Fern bleibt, wollt' es Euch erleichtern,
Selbst vor Eurem treu'sten Diener
Anteilfremd zu stehn bei allem,
Was hier noch geschehen muß.
Wenn Ihr's nicht ungnädig aufnähmt,
Spräch' ich mehr noch. Doch nun fürcht' ich,
Daß Ihr mich verkennt.

(Scheint gehen zu wollen.)

Isotta.

Nein, bleibe.

Basinio.

Und Ihr zürnt nicht mehr?

(Isotta reicht ihm die Hand zum Kusse.)

Basinio.

Wie glücklich,
Wer Euch dienen darf!

Isotta.

Du sollst es
Nicht bereun, wenn ich am Ziel bin.

Basinio.

Wohl! So red' ich frank und offen:
Macht Euch unserm Fürsten selten,
Bis die That geschehn.

Isotta (überrascht).

Warum das?

Basinio.

Weil noch zum Entschluß gehärtet
Nicht sein Wille, weil in Schmelzglut
Ohne Form noch wogt das Eisen.

Isotta.

Es zu schmieden sollt' ich eilen!

Basinio.

Sicherlich sind wunderkräftig
Lippen, die nicht nur mit Worten
Ueberzeugen. Doch, wenn schöne
Gegenwart gewaltig wirkt,
Wirkt noch stärker oft Entbehrung.
Lust spornt nicht, doch Leiden spornen.
Wenn er voll den Preis genießt schon,
Noch bevor er ihn errungen
Durch entschloss'ne That, so ruht er
Aus in seinem Glück. Bedenkt auch,
Daß er für den Schimpf von gestern
Sühne schuldet.

Isotta.
Wird er zahlen?

Basinio.
Das laßt meine Sorge sein.
Zeigen will ich ihm, daß Stillstand
Ungebühr jetzt wär' und Feigheit.
Nur Ihr selbst bringt nicht in ihn!
Diese Hand, die meinen Lippen
Gnädig Ihr zu ehrfurchtsvoller
Huld'gung ließet, diese reine
Weiße Hand darf nicht sich mengen
In ein Spiel mit blut'gen Würfeln.
Niemals auch in spätern Zeiten
Soll des Fürsten Mund, soll Klios
Griffel Euch der Mitschuld zeihen.
Dies ist wichtig, gibt Euch künftig
Bei dem Fürsten hohes Ansehn.
Und Euch selbst auch — nach der Feindin
Sturz — mag das Bewußtsein laben:
„Keinen Hauch that ich dazu."

Isotta (nach kurzem Besinnen).
Sei's! — Für diese nächsten Stunden
Meid' ich ihn; denn nicht verhehlen
Könnt' ich, was mir die Gedanken
Wie in eines Wasserwirbels
Dunkle Höhlung saugend einzieht.
Doch — wirst du ihn überzeugen?
Zweifel foltern mich. Du selbst auch
Blickst nicht zuversichtlich.

Basinio.
Herrin!
Wer vermöcht' in solches Mannes
Labyrinthisches Geheimnis

Ganz zu bringen? wer zu künden,
Was die nächste Stunde bringt?
Doch — als föcht' ich um mein Leben,
Will ich Eure Sachen führen.

Jsotta (seufzend).

Mögst du bald mir Gutes melden.
(Nach links deutend im Abgehen.)
Diese Flucht von Zimmern leitet
Dich zu mir.
(Kehrt um.)
Noch eins: vergiß nicht,
Daß, wo Manneswitz zu Ende,
Weibesmacht erst recht beginnt.
(Ab durch die Thür links.)

Basinio (nach der Thür blickend).

Wahr! zu wahr! — Drum eben schwatz' ich
In freiwilligen Arrest dich!
Wo sonst bliebe mein Verdienst denn?
Und bei alledem — ich riet dir
Wahrhaft gut, daß diesem Spiel du
Fern dich hältest. Denn dies eine
Bleibt doch wahr: Gesenkte Wimpern
Und Moral schätzt noch an Weibern,
Wer als Mann längst Wimperzucken
Und Moral verlernt. — So sind wir.
(Ab durch die Mitte.)

Dritter Auftritt.

Von der Galerie her, rechts, Leibarzt **Bertinoro** mit der Sklavin
Katai.

Bertinoro.

Du bist der Fürstin Eigentum? sie nennt dich . . .?

Katai.

Katai.

Bertinoro.
Und quält dich oft mit ihren Launen?

Katai.

Was sprecht Ihr, Herr? Mit Launen sie! — Hat Launen
Die heil'ge Frau, die ihr in Euren Tempeln
Abbildet mit vom Schwert durchstochnem Herzen?
Solch süßes trauervolles Angesicht,
Das noch in Leiden lächelt, zeigt die Fürstin.
Ihr wißt nicht, was Ihr thut, nennt Ihr sie launisch.
Zu dienen ihr, möcht' ich ein Geist wohl sein,
Der über Meere fliegt, von Zauberinseln
Ein Kleinod ihr, ein heilend Kraut zu holen,
Wo nicht sie selbst auf ausgespannten Fitt'chen
Zu tragen in ein Schloß der guten Genien!

Bertinoro (seufzend).

Das thäte not! — Nun darf ich offen sprechen,
Denn deine Treu, du morgenländisch Kind,
Ist unverfälschte herzliche Natur.
So merke wohl, sag deiner holden Herrin —
Doch sag ihr's nicht zu hart, auf daß der Herold
Des Feinds nicht schon das Werk des Feindes thue,
Sag' aber doch es so, daß sie es fasse: —
Sein eigner Apotheker künftighin
Gedenkt der Fürst zu sein. Vor einer Stunde
Nahm er mir ab die Schlüssel meines Turms,
Ist aller Arzenein und Gifte Herr.
Verstehst du mich?

Katai.

Ein fürchterlicher Sinn
Schleicht neben jedem Wort als wie sein Schatten.
Denkt Ihr, daß er so Arges sinnt?

Bertinoro.

Mir treibt's

Ins Antlitz Glut der Scham, daß ich muß sprechen:
„Ich fürcht' es!" — denn so schlag' ich nun in Stücke
Das Bildnis, das ich ihm in meinem Herzen
Vorschnell geweiht. Wie schärfer sah der Greis,
Der nun im Kerker liegt! — Genug. Nicht rätlich
Sind Worte hier. Ich traue keiner Wand
In diesem Schloß des neuen Dionys.
Die Fürstin ist gewarnt; sie hüte sich.   (Ab.)

Vierter Auftritt.

Katai (allein).

Ich aber, — ich will mehr erfahren; gält' es
Mein Leben auch. Bin ich nicht Enkelin
Des großen Chans? — Noch hat nicht Sklaverei
Mein fürstlich Blut so wässerig gemacht,
Daß kalt und träg' es durch die Adern flösse,
Wo Großes sich begibt. — Vielleicht abwenden
Den Streich, der meiner Fürstin droht, zertreten
Die Schlange, die zu ihrem Lager schleicht,
Und dir, du keines Widerstands gewohnter,
Du eisenharter Mann, Trotz bieten, ich,
Die niedre Sklavin, — heimlich dir zerstören
Die Schlinge, die du arger Jäger stellst
Dem holden, süßen Vöglein, dessen Zwitschern
Auch dir einst lieblich klang, doch jetzt verhaßt ward,
Weil bunt Gefieder mehr als Sang dich lockt —
Das ist ein Thun, an das ich gern das Leben,
Dies arme, heimatferne Leben setze.

Des Fürsten Stimme! horch! ... Basinio
Mit ihm. Wenn eben jetzt? ... Ja! .. Jene Nische

Verbirgt die Lauscherin. Sei Gott mir gnädig,
Daß ich erfahre, was der Fürstin frommt.
(Verbirgt sich hinter einem der großen Pfeiler rechts.)

Fünfter Auftritt.

Sigismondo und Basinio durch die Mitte.

Basinio (im Gespräch mit dem Fürsten).

Ihr könntet sie zurück nach Mailand senden
Zu Sforza, ihrem herzoglichen Vater.
Zwar sag' ich nicht, daß Politik empfehle
Dies mildre Mittel, das leicht offnen Bruch
Mit Mailand zeugt, der wohl vermieden bleibt,
Wenn dort man meldet, daß sie starb am Fieber.
Doch ist's der sanfte Weg, der offene,
Und Euch erspart er, Fürst, die dunkeln Pfade.

Sigismondo.

Was du da schwatzest, hör' ich alles nicht.
Du dünkst mich wie die Fledermaus, die zirpend
Die Höhl' umkreist, in der ein Drache liegt.

Basinio.

Ein Drache, ja, der Mord!

Sigismondo.

Willst du mich schrecken
Mit hohlem Wort? „Mord!" — Ja! — ein häßlich Ding,
Wenn rohe Faust, blind würgend, greift Lebend'ges.
Der Tod, den Pfaffen „gottgesendet" nennen,
Ist meistens nichts als unvernünft'ger Mord,
Dumm wie das Sandkorn, das dir stäubt ins Auge.
Doch wenn ihn kraft der höheren Natur
Ein Mann wie ich beschließt, ist's dann noch Mord?
Hast du aus Platos Weisheit nicht gelernt,
Daß nur der Dinge Geist ihr wahres Wesen?

Basinio.

Hier läßt Philosophie mich ganz im Stich.

Sigismondo.

Wie jeden Tropf, der nur sich selber findet
In Büchern. Hör mir zu; vielleicht begreifst du's.
Nicht sie zu treffen, lüstet mich so sehr,
Die Macht, aus der sie redet, möcht' ich treffen.
O! nicht den Papst, wie du dir's jetzt zurechtlegst.
Weit höher ziel' ich, will ein Gottesurteil —
Nein! einen Gotteszweikampf, wo mein Gegner
Der Gott ist, den sie träumt.

Basinio.

     Träum' ich nicht selbst?

Sigismondo.

Das soll wohl höflich heißen, daß ich träume?
Nun, manchmal scheint mir selber dieses alles
Ein Nachtgesicht, als säß' ein Alb auf mir,
Als höhnte mich ein Chor verborgner Geister,
Als wärt ihr alle, die ihr mich umgebt,
Nur leere Schemen, die ich muß durchdringen,
Um — wen? vor mir zu sehn? Ich weiß es nicht.
Eins aber weiß ich, diese Fehde führ' ich
Mit einer großen Feindin, meiner wert,
Und auch des Kampfes Preis ist unermeßlich.
„Die Welt", so sprach Natur, „gehört den Starken,
Die sie begehren und sie meistern können."
Da kommt die blasse Tugendkönigin
Und lispelt: „Nein, sie ist sanftmüt'gen Volkes,
Das wenig nur begehrt und leicht entsagt."
Wie? Soll die Gleißnerin ihr Werk vollbringen?
Mit ihren Lilien und Himmelsschlüsseln
All Land bepflanzen, das sonst Rosen trug,
Der glühnden Weltlust dunkle Purpurrosen?

Nein! das verhindr' ich! — Töten will ich erst
Den Wurm, den sie in unsre Gärten sendet.
Gewissen heißt sein Name bei den Menschen,
Die thöricht solchen Feind im Busen hegen.
Die Kräuter Gut und Böse sind die Kost,
Die ihm bekommt. Doch auf den Marmorfliesen
Im Heiligtum der Kraft und Schönheit stirbt er
An Hunger, und mit ihm vergeht sein Reich.

Basinio (betreten).

Mein Fürst . . .

Sigismondo.

Was gibts? Ah du! Hast aus den Augen
Du mich verloren? Hältst im stillen wohl
Mich für gestört? — Wie konnt' ich auch vergessen,
Daß Dichter deinesgleichen Phantasie
Am Schreibtisch nur gestatten, wo der Prägstock
Zur Hand, der Schwärmerei münzt zu Sonetten,
Kanzonen und — Dukaten? — Doch sei ruhig,
Ich komme schon zurück zur Wirklichkeit,
Ja, war in allen diesen Phantasien
Ihr näher, als du ahntest. Hör mir zu:
Ich hab' mir ausgedacht, zwei Becher Weins
Vor sie zu stellen und nun zu erproben,
Ob den sie wählt, der ihr nicht Schaden bringt.
Und sieh, wie listig ich es eingerichtet,
Daß ihr die Tugend selbst zum Fallstrick wird.
Die Becher sind nicht gleich, der eine golden
Und rings besetzt mit glühenden Rubinen,
Der andre silbern, schmucklos; der nun birgt
Die Todeswürze. Greift, wie immer, sie
Zum minder glänzenden, statt herzhaft, ehrlich,
Wie die Natur uns lehrt, mit festem Griff
Das Schöne sich zu eignen, übt sie grämlich
Auch so, in kleiner Sache, die Moral
Der frömmelnden Enthaltung und Entsagung,

Der Weltverleugnung, zieht zu Ehren sie,
Was unansehnlich, gleichsam zu beleib'gen
Prunkvolle Lust am lichten Glanz des Lebens,
Wohlan! dann fällt sie, fällt durch ihren Gott.
Nicht nur, daß jene Mächte, denen sie
In ihrem Herzen huldigt, sie nicht retten,
Nein! sie verderben sie! Des Himmels Ohnmacht,
Der seine Heil'gen nicht zu schützen weiß,
Ja, sie durch ihre Heiligkeit zu Fall bringt,
Liegt dann am Tag. Nicht ich dann würgte sie!
Ich töte nur ein mythologisch Tier,
Die traurige Harpye, die das Mahl,
Das Götter schenken, ewig uns besudelt.

— — — — — — — — —

Was sagst du nun? Wie dünkt dich mein Gedicht?

Basinio (ironisch).

Homerisch, wie um Ilium die Schlachten,
Wo Staubgewölk das Blachfeld so bedeckte,
Daß sich in eins verschmolzen Erd' und Himmel,
Und Menschen, gegen Menschen wütend, meinten,
Sie schlügen den olymp'schen Göttern Wunden.

Sigismondo.

Wagst du zu spotten, Wicht?

Basinio.

Mein Fürst! Mein Herr!
Wie dürft' ich! — Ernstlich meint' ich, was ich sagte.
War's denn nicht so, daß, wenn die Wolkensäulen
Verwehten, man wohl Menschen knirschen sah
Den blut'gen Sand, doch nirgends Götterleichen?
— Ob Ihr nun trefft, was Ihr zu treffen hofft,
Versteh ich dann vielleicht, wenn ich's erlebt.
... Wann aber, Herr, gedenkt Ihr das zu richten?

Sigismondo (mehr zu sich selbst als zu Basinio).

Man sagt, daß, wenn im Winter harter Frost
Schon tief durchkältet hat des Teichs Gewässer,
Ein einz'ger Schall, der stark die Luft durchschüttert,
Auf einmal in Krystall die Fläche wandle,
Die eben noch lebendig Wasser war.
Noch wogt in Wellenatmung mein Gemüt,
Doch fühl' ich, daß zum Eise des Entschlusses
Zusammenschießen werden tausend Nadeln,
Sobald ein Anstoß kommt, ein Blick, ein Wort.

Basinio (der in die Scene gesehen, für sich).

Kommt er nicht dort vielleicht?
(Laut.)
Seht hier, mein Fürst!
Was bringen jene, die so eilig schreiten?

Sechster Auftritt.

Brugnolt und **Conti**, jeder ein Schriftstück in der Hand, sind, von der Galerie her, durch die Mitte eingetreten. **Die Vorigen.**

Sigismondo (ihnen entgegen).

Was begab sich?

Conti.

Laßt, mein Fürst,
Nicht den Ueberbringer büßen
Für die Botschaft —

Sigismondo.

Bin ein Narr ich?
Gieb, was in der Hand dir zittert.
(Nimmt aus Contis Hand das Schriftstück, nach einem Blick auf
dasselbe, ruhig:)
So? Der Bannstrahl!
(Sich umsehend.)

Und wo steckt
Der Legat des heil'gen Vaters?
Werd' ich doch nicht selbst herbeten
Müssen, was er da geflucht?
Kein Gesandter da? Ist's möglich!
Sind in Rom sie ausgestorben,
Jene Christen, die einst furchtlos
In den Löwenzwinger traten?
Kein Begehr nach Marterkronen!
— Wie nach Rimini kam gleichwohl
Dieses Blatt?

Conti.

Durch fremde Reiter,
Die verwichne Nacht gespenstisch
Durch das flache Land hinjagten
Und den bösen Samen streuten
Da und dort in Dorf und Flecken.

Sigismondo (ihm die Bulle zurückgebend).

Hast's wohl schon studiert; so gib die
Volle Ladung mir. Nicht zaghaft!
Denk, daß ich ergründen wolle
Unerprobter Wurfmaschine
Schleuderkraft. Mach fertig, hörst du?
(Setzt sich.)

Conti (verlegen).

Hoher Herr! von bösen Worten,
Wie ein gift'ger Wurm geschwollen,
Bläht die Bulle sich.

Sigismondo.

Schaff' Luft ihr,
Laß sie platzen.

Conti (mit Widerstreben).

Sie bezichtigt
Erstlich Euch des Raubes ...

Sigismondo.

Raubes!

Nicht geringen, hoff' ich.

Conti.

Raubes,
So an Land und Volk begangen ...

Sigismondo.

Die dem Hirtenstab Sankt Peters
Ich entriß. — Gut. — Was folgt weiter?

Conti.

Niedermetzelung Wehrloser ...

Sigismondo.

Die sich wehrten, bis die Wehr' ich
Ihnen aus den Händen schlug.
Weiter!

Conti.

Herr! Die Zunge bäumt sich,
Freveln Lügen Laut zu leihen.

Sigismondo.

Wie? Den Angeklagten willst du
Um den einz'gen Spaß betrügen?
Das Register seiner Sünden
Unterschlagen? Vorwärts, sag' ich!

Conti (stockend).

Ehebruch — Verwandtenmord
Wirft die Schrift Euch vor.

Sigismondo (düster, vor sich hin).

Es ziemt sich,
Daß ein Pfaffe prophezeit.
(Zu Conti.)
Ist das alles?

Conti.

Auf des Glaubens
Schändung kommt sodann die Klage,
Daß Ihr einen Tempel bauet,
Der nur eiteln Menschenstolzes   -
Heidnisch Denkmal sei.

Sigismondo.

Sie wissen
Wenigstens in Rom zu lesen
Lapidarschrift für Aeonen.

Conti.

Endlich spricht von Ketzerei
Noch die Bulle, daß Ihr leugnet
Die Unsterblichkeit der Christen . . .

Sigismondo.

Lustig! — Wie? Wenn ich dem Papst nun
Mitten im Collegio Sancto
Diesen Dolch setzt' an die Kehle,
Würd' er wohl sich für unsterblich
Halten? — Fast gelüstet's mich.
Doch der Spruch nun!

Conti.

Fügt zum Bannfluch
Den Verlust der Herrscherwürde,
Spricht des Unterthaneneides
Ledig Euer Volk, bedroht es
Mit Leibeigenschaft, wenn länger
Es gehorcht. — Zuletzt Euch selber . . . (Stockt.)

Sigismondo.

Nun?

Conti.

Zum Feuertod verurteilt
Euch das heil'ge Tribunal.

Sigismondo.

Gut! — Wenn nur das Holz zu grün nicht!

Brugnoli (vortretend).

Hoher Herr, wenn Ihr's gestattet,
Schalt' ich ein, daß — mit Erlaubnis —
Ihr bereits verbrannt seid.

Sigismondo.

Bravo!
Und ich spürte nichts davon?

Brugnoli (sein Blatt überreichend).

Hier ein Brief Valturios,
Eines Eurer treu'sten Bürger,
Der in Rom mit eignen Augen
Sah, wie man vollzog das Urteil.

Sigismondo
(nach einem Blick in den Brief, aufstehend).

Das ist lustig! — Ein'gen Aufwand
Ließen sich's die Knicker kosten.
Keine schlechte strohgeflochtne
Puppe war's, die sie verbrannten.
Nein! von einem wackern Künstler,
Paolo Romano, ließen
Sie aus Holz ein ähnlich Bildnis
Schnitzen. Hm! Wir müssen wirklich
Diesem Skulptor zu Motiven
Neuen Stoff durch neue Thaten
Baldigst schaffen.

Brugnoli.

Dazu findet
Naher Anlaß sich. Seht unten
Noch die Nachschrift. Truppen sendet
Wider uns der röm'sche Stuhl.
Vitteleschi, dem die Mithra
Nicht genügt des Erzbischofes,
Der mit Lorbeer zu garnieren
Sie wohl hofft, führt an das Kriegsvolk.

Sigismondo (gegen Basinio zu, bedeutungsvoll).

Jetzt fror zu der See, von dem ich
Sprach vorhin.

Basinio.

Und das Geheimnis
Ugolinos kennt man jetzt.

Sigismondo.

Nein! Dies kann noch nicht die Wirkung
Jener Botschaft sein Porcellios,
Die sich wohl mit Roms Beschlüssen
Kreuzte.

Basinio.

Wer denn sagt uns an,
Ob nicht längst Verkehr bestanden
Zwischen Rom und Rimini?
Was noch frag' ich! Einer sagt es,
Muß es sagen jetzt. Gestattet,
Hoher Herr, daß ich den Schweiger
Jetzt zum Sprechen bringe.

Sigismondo.

Thu,
Was dich gut dünkt. — Ich nun rüste,
Was du weißt. — Folgt mir, ihr Herrn.
(Im Abgehen sich noch einmal wendend.)

Und wo bleibt seit gestern denn
Unser jüngster Ritter? — Conti,
Such' Antonio. — Wir denken,
Ihm die Vorhut zu vertrauen
Gegen Vitteleschi. — Kommt!
(Durch die Mitte ab, hinter ihm die drei Hofherren.)

Siebenter Auftritt.

Katai hinter dem Pfeiler hervortretend, gleich darauf von links,
durch die Thür, Isotta, die von Katai nicht sogleich bemerkt wird.

Katai.
Entsetzlich! — Doch das feige Werk mißlingt.
Vor diesem Anschlag rett' ich meine Herrin.
(Will ab nach rechts.)

Isotta (beiseite).
Der Fürstin Magd! — Verborgen hörte sie,
Was ich nur halb vernahm.
(Eilt auf Katai zu, faßt sie am Handgelenk und zerrt sie auf die
Mitte der Bühne.)
Du stehst mir Rede!
Hier war der Fürst. Du horchtest, du erlauschtest,
Was mit den Räten er besprach. Was war's?

Katai (sich furchtsam stellend).
O! Ihr verratet mich! . . .

Isotta.
Nicht, wenn du offen
Mir alles sagst, was du vernahmst.

Katai (geheimnisvoll scheu).
Der Zauber
Des großen Priesters fiel auf unsern Herrn.

Isotta (erschrocken, beiseite).

So hört' ich dennoch recht?

(Zu Katai.)

Merk' auf und sprich:

Meinst du denn Kirchenbann?

Katai.

So nannten sie's.

Isotta (streng).

Und sprichst die Wahrheit?

Katai.

O! verklagt mich nicht.

Isotta (sie freigebend, für sich).

Wie auch erfände solches diese Heidin,
Die selbst nur dunkel ahnt, wie schwer das Wort,
Das sie mit scheuem Munde mir verriet.

(Zu Katai)

Und hörtest mehr du noch?

Katai.

Ein Kriegsheer sendet

Der große Priester wider Rimini.
Sie führen Ketten, alles Volk zu fesseln,
Das künftig noch zum Fürsten hält.

Isotta.

Ein Kriegsheer!

Sag lieber: Schafe führen sie zur Schlachtbank.
Der Kriegsgott ist in unserm Lager. Lachend
Nahm dies der Fürst auf.

Katai.

Lachend? Mir schien's nicht.

Isotta.

Du lügst.

Katai.

So ist's auch Lüge wohl, daß er
Die Fürstin bald zu sehn gedenkt, zu sprechen.
(Betrachtet von der Seite heimlich die Wirkung ihrer Worte auf Isotta.)

Isotta (peinlich überrascht).

Kannst dieses du beschwören?

Katai.

Bei den Göttern
Der fernen Heimat, bei den heil'gen Fluren,
Die nur im Traum mein Fuß betritt — so ist's!
Er will die Fürstin sehn, will mit ihr sprechen.

Isotta.

Irrst du dich nicht? Meint' er nicht mich? Verlangt' er
Nicht nach Isotta?

Katai.

Mit Polissena,
Der Fürstin, will er ohne Zeugen Zwiesprach
Hier halten. Eben wollt' ich, da Ihr kamt,
Ihr's melden.

Isotta (sehr erregt).

Es ist gut. Geh.
(Heftig.)

Geh, sag' ich!
(Katai schnell rechts ab in die Gemächer der Fürstin.)

Achter Auftritt.

Isotta (allein).

Was thu' ich? Eil' ich vor sein Angesicht,
Wie vor die Front erschreckter Krieger eilt
Der Feldherr, der mit einem einz'gen Blick
Die Wankenden beseelt? — Doch eine Stimme
Raunt lähmenden Verdacht mir in die Seele.

Dem Weibe nur wird Liebe köstlicher
Durch Leid; der harte Mann, wenn Lieb' ihm Schmähung
Und Ungemach einträgt, bekleidet leicht
Im ersten Zorn mit solcher Tracht des Unglücks
Die Liebe selbst und spricht, sich selbst belügend:
„Sie ist doch nicht so schön, daß ich ertrüge
Mit Fug um ihretwillen diese Last."

Einst hört' ich eine spanische Romanze;
Von einem König sang sie zu Toledo,
Der an ein schönes Judenmädchen hingab
Sein Herz und seinen Ruhm; in ihren Schoß
Begrub er ganz sein königliches Haupt,
Wie sich ein Schäfer bettet tief in Blumen.
Doch — als die Großen seines Reichs, verbündet
Mit seiner Königin, die Burg erstürmten,
Wo er gleich wie in goldnem Käfig hielt
Das süße, holde, junge Vögelchen,
Als sie's mit blinder Faust zerdrückten, — da
Nicht flammt' er auf in rasend wildem Zorn,
Nicht warf er jene nieder, nicht ersäuft' er
In einem Meer von Blut die Henkersknechte.
Nein! aus der Kammer, wo die tote Buhle
Lag auf zerwühltem Pfühl entweihter Liebe,
Trat er heraus und sprach: „Sie war nicht schön.
Ihr thatet recht, von ihr mich frei zu machen."

Dank für die Warnung dir, du toter Sänger,
Des Lied heut' aufwacht mir zu rechter Zeit.
Ich schau' das üpp'ge Kind, das um den Hals,
Den schlanken, feinen, die Korallenschnur
Des Todes trägt, schau' die gebrochnen Augen
Der Amsel, die sich in der Schlinge fing,
Schau' um den schmerzverzognen Mund die Frage,
Ob das der Sold nun für so heiße Küsse?

Wie könnt' ich Sigismondo traun? Verstieß er
Nicht die erwählte tadellose Braut,
Die Tochter Carmagnolas, als dem Helden
Sankt Markus' schnöde Republik mit Tod
Vergalt die Siege, die er ihr erstritten?
Wich er schon vor dem Schatten eines Schimpfes,
Wie sollt' er jetzt, da ihn um mich betroffen
Der Kirche Bann, sich fester zeigen? — Wahrlich
Rasch ist sein Griff! Sich selbst nie opfert er,
Doch andre leicht. Schläft ein Geheimnis nicht
Auch in Ginevras, seines ersten Weibes,
Verschwiegner Gruft? Ich Thörin schöpfte draus
Schon Hoffnung für Polissenas Verschwinden.
Als wäre dem, der seine Frauen mordet,
Nicht auch sein Liebchen feil, wenn dies ihm paßt!

Neunter Auftritt.

Conti (in Eile von der Mitte). **Die Vorige.**

Conti
(zurückprallend, da er Isottas ansichtig wird).
Wie? Euch treff' ich, edle Frau?

Isotta (befremdet).
Und scheint zu erschrecken?

Conti.
Weil Euch,
— Was dem Fürsten ich zu melden
Herkam —, wahrlich hart betrifft.

Isotta.
Ihr meint doch von Rom die Bulle?

Conti.
Sie ist nur die dunkle Wolke,

Die noch flammender das Nordlicht
Eines blut'gen Frevels macht.

Isotta.

Wovon sprecht Ihr?

Conti.

Von höchst kläglich
Schnellem Wechsel irb'schen Glücks.
O! Ihr kanntet sie — Borbonas
Nichte, jenes deutsche Mädchen,
Jene stolz geschaffne Jungfrau,
Der solch Leuchten aus dem blauen
Himmel ihrer Augen strömte,
Die so hoch das Haupt, das edle,
Trug, das lockengoldumwallte,
Daß auch ohne Helm und ohne
Rüstung, die des schlanken Leibes
Elfenbein umschloß, sie wahrlich
Jener Göttin glich des Krieges,
Die einst mit dem goldnen Speere
Theseus' Bucht und Stadt beherrscht.

Isotta
(die dieser Rede mit sichtlich steigender Pein zugehört hat).

Und was ist mit ihr? Was sprecht Ihr
Von dem Mädchen, das noch gestern
Blüht' im Glanz der Jugendfülle,
Wie von einer schon Gestorbnen?

Conti (dumpf).

Weil sie starb.

Isotta (angstvoll).
Sie starb?

Conti.

O! — Lichtlos
Sind die reinen, klaren Sterne!

Nur auf ihrem Grund bewahren
Sie vielleicht, wie's dort sich eingrub
Im Entsetzen jener Stunde,
Des verruchten Mörders Bild.

Isotta (aufschreiend).

Ihres Mörders! Wer? Wen meint Ihr?
Sagt's! Nein! sagt es nicht! Es sprechen
Eure Blicke fürchterlich.
(Bedeckt das Gesicht mit den Händen.)

Conti (überrascht).

Wißt Ihr's, ohne daß ich's sagte?
Euer Bruder —

Isotta (sich die Ohren zuhaltend).
Nein! Nicht weiter!

Conti (für sich).

Seltsam, seltsam, daß sie's wußte.

Isotta (für sich).

Gott weiß, daß ich das nicht wollte!
(Sich plötzlich beherrschend, zu Conti.)
Sagt mir, — seht, nun kann ich's hören,
Und nun will ich, muß ich's wissen, —
Sagt mir, wie sich dies begab.

Conti.

Was ihn trieb zum Mord des Mädchens?
Was ins Heiligtum der Gattin
Collatins Tarquinius führte.

Isotta.

Doch daß er sie tötete!

Conti.

Durch den Widerstand der Tapfern
Ward die Gier zur Raserei.
Weitres meld' ich jetzt dem Fürsten.

Jsotta.

So weiß er's noch nicht? — O! Dann —
Dann verbergt ihm's noch, verschweigt ihm's
Eine kurze Stunde nur.
Seid mein Freund jetzt; kommt! Den Fürsten
Dürft Ihr jetzt nicht sehn. Erst bringt mich
Aus der Burg. Doch denkt nichts Arges.

(Sie hat seine Hand ergriffen und zieht ihn bis in die Mitte der
Bühne.)

Nur versteht, daß vor Verdacht ich
Jetzt mich bergen muß. Denn teuer
War dem Fürsten dieses Mädchen,
Und mit Glut im Auge pries er
Ihre Schönheit mir und weiß es,
Daß er's that. Hat nun mein Bruder
Freventlich geknickt ihr Leben, —
O! — ausdenken darf ich nicht,
Wie sich teuflische Beschuld'gung
Könnt' erheben, — wär's auch Vorwand
Nur, willkommner, — wider mich!
Seht! zum Himmel darf ich heben
Meine Hand, daß diesem Morde
Fremd ich blieb. Wer aber glaubt mir?
Wer in dieser Mörderhöhle
Traut dem andern noch? — Begreift Ihr,
Daß ich bis zu bessrer Stunde
Mich verbergen muß? So folgt mir.
Nein! Ihr dürft mir das nicht weigern.
Kommt! o kommt! Hier wankt der Estrich,
Flammen regnen vom Gebälk! —

(Indem sie ihn fortzieht, durch die Thür links ab mit Conti.)

Zehnter Auftritt.

Sigismondo. Ihm folgen zwei **Pagen**, von denen der eine einen Kredenzteller mit einem goldenen und einem silbernen Becher, der andere eine Kanne trägt.

Sigismondo.

Das stellt hierher. — Du füllst die beiden Becher.
(Der Befehl wird vollzogen. Auf ein Zeichen des Fürsten entfernt sich der Page mit der Kanne durch die Mitte. — Zum andern Pagen:)
Du sagst der Fürstin, daß ich ihrer harre.
Geh eilends und geleite sie hierher.
(Der Page ab durch die Thür rechts.)

Sigismondo (allein).

So fest in allen Nieten, so geschlossen
Saß mir zu keinem Kampf der Panzer noch.
Den letzten Hammerschlag dank' ich dir, Alter,
Im Vatikan! Mit deinem Blitze schweißtest,
Du neuer Gott Vulkan im pfäff'schen Kleid,
Das Eisen meiner Seele du so fest.
Nun schließ' ich auch den Helm; es soll mein Antlitz
So starr sein wie ein ehernes Visier.
(Streut in den silbernen Becher ein Pulver.)
Da! — Ohne Zittern that's die Hand. Nur Neugier
Macht so das Herz mir pochen, die Erwartung,
Ob meine Rechnung stimmt, ob mir Gott selbst
Muß in die Falle gehn. — Still! — dort — sie ist's.

Elfter Auftritt.

Von dem **Pagen** geleitet erscheint **Polissena**, ganz weiß gekleidet, ohne Schmuck. Hinter ihr **Katai**. **Der Vorige.**

Katai (zu Polissena, flehend und flüsternd).

Ach! süße Herrin! Ach! dort! seht! die Becher!
Der silberne — o! irrt Euch nicht! — Ihr wißt!

Polissena.

Ich weiß, mein gutes Mädchen. Geh zurück
Und harre mein; bald, denk' ich, kehr' ich wieder.

Sigismondo (zu dem Pagen und Katai).

Entfernt Euch. Niemand störe diese Zwiesprach.
(Der Page ab durch die Mitte, Katai nach rechts.)

Sigismondo.

Nun, Fürstin? Nicht im höchsten Staat und Putz?
Ihr solltet wie ein Pfau, der an der Sonne
Das Rad schlägt, heute strahlen von Juwelen.
Denn erntereif steht, was Ihr jüngst gesät.
Ja! Ihr seid flink bedient von Euren Geistern.

Polissena.

Was meint Ihr?

Sigismondo.

Wie? Flammt's nicht um meinen Scheitel
Wie Heil'genschein der Hölle? Blutig rot?
Ich bin im Bann, im Kirchenbann — durch Euch.

Polissena (für sich).

Halt' an dich, Herz! Sprich nicht, was ihn entwaffnet.
(Laut.)
Seid Ihr gebannt, so bannet Ihr Euch selbst.
Die Guten bannet grausam Ihr von Euch.

Sigismondo.

Stockt nicht; gebt mir die Predigt. Denn nicht oft mehr
— Wißt — werd' ich hören sie. Wir müssen scheiden.

Polissena.

Wir müssen! Und warum?

Sigismondo.

Ihr bracht die Ehe.

Polissena (ihre Fassung verlierend).

Ich, Fürst? Ich brach die Ehe? Nun, bei Gott!
Auf viel war ich gefaßt, als mich mein Fuß
Hierher trug. Nicht auf dies.
(Sich setzend.)
Erlaubt. Mir schwindelt.

Sigismondo.

Wie? Bricht ein Weib vielleicht die Ehe mir,
Wenn sünd'ge Küsse sie gewährt dem Buhlen,
Der im Geheimen wirbt um ihre Gunst?
Sein Leben setzt er ein, zahlt bar den Schimpf
Mit seinem Blute dem betrognen Gatten.
Doch schlimmern Ehebruch verübt das Weib,
Das einem Dämon sich zu eigen gibt,
Den nicht das Schwert erreicht, wie auch todfeindlich
Er ihrem Gatten sei.

Polissena.

Meint Ihr den Vater
Der Christenheit, dem ich in meinem Schmerz
Mich anvertraut, so darf ich schwören doch:
Nicht führt' ich Klage wider Euch. Nur Stärkung
Im Glauben, in der Liebe sucht' ich dort,
Wie wohl ein Schiffer, den die See verschlingt,
Im letzten Kampfe noch die Augen hebt
Zu einem Sternbild, das hoch über Wogen
Und Wolken wie ein Friedensengel steht.

Sigismondo (kurz, höhnisch auflachend).

Ein Friedensengel, der zum Schwerte greift.
— Gleichviel jedoch! Mögt Ihr die Wahrheit sprechen,
Mag dieser Bannfluch Euer Werk nicht sein, —
Doch seid abtrünnig Ihr und habt Verkehr
Mit Geistern, die mir feind sind, die ich hasse.

Polissena.

Mit Geistern?

Sigismondo.

      Eine Zauberin seid Ihr
Und haltet Euch ergebene Dämonen,
Die Ihr wie Hunde loslaßt wider mich.

Polissena (sich erhebend).

Seid Ihr gestörten Geistes, Herr?

Sigismondo.

          Beweist mir,
Daß falsch ich Euch bezicht'ge.

Polissena.

      Was verlangt Ihr?

Sigismondo.

Ein Gottesurteil und sogleich — und hier.
Zwei Becher stehen dort, mit süßem Wein
Von Cypern angefüllt; doch auf dem Grunde
Des einen liegt der Wurm, der schon den Apfel
Im Paradies zur Todesfrucht einst machte,
Der Schlüssel, der geheime Pforten öffnet,
Durch die man schreitet, doch zurück nicht kehrt.
Unschuldig ist des andern Bechers Flut.
Trefft Eure Wahl! Wenn Eure Lippen sich
Zum Kelch des Lebens neigen, will ich glauben,
Daß Ihr aus reinem Herzen das vollbringt
Und nicht durch Zauberei.

Polissena (innig, sehnsüchtig und mit Spannung).

      Und schenkt Ihr wieder
Dann Eure Liebe mir?

Sigismondo.

Sie ist verscherzt.
Doch send' ich sicher Euch in allen Ehren
Mit fürstlichem Geleit zu Eurem Vater,
Und Eure Mitgift zahl' ich ihm zurück.

Polissena (bitter und entschlossen).

Das nur zu wissen that mir not. — So hört!
Ich könnte diese Wahl auf Tod und Leben
Euch weigern, könnte sprechen: Harter Mann,
Da dir im Weg ich bin und deiner Buhlschaft,
So töte mich, doch laß das Gaukelspiel,
Durch das du dich und mich betrügst und Gott.
So aber sprech' ich nicht. Denn in die Hand
Ist mir's gelegt — und anders, als du denkst
Dir zu ersparen diese schwere Schuld . . .

Sigismondo (höhnisch).

Euch selbst zu retten auch, vergeßt das nicht!

Polissena (schmerzlich).

Mich selbst zu retten! . . .
Ja! Ich will mich retten.
Wo sind die Becher? . . .

Sigismondo.

Dort stehn sie bereit.

Polissena
(an den Tisch tretend und die beiden Pokale, wie zweifelnd, ins
Auge fassend).

Ungleich so an Gestalt wie an Gehalt.
Was spricht dein bleiches Licht, du Silberbecher?
An Mondesglanz, der über Leichensteine
In trüber Frühlingsnacht gespenstisch rieselt,
Gemahnt dein mattes Leuchten! Bist es du,
Den Hekate gewürzt mit ihrem Tollkraut?

Wie? Oder borgteſt deinen blaſſen Schein
Du von den Wangen herzenskranker Unſchuld,
Die müd' erliegt im Kampf mit arger Liſt?

Wie anders du! Es prahlt das Sonnengold,
Aus dem des kund'gen Meiſters Hand dich formte,
Von Glück und frohem Vollgenuß der Tage.
Ja! ſo ſieht Leben aus. Auch daran kenn' ich's,
Daß die Rubinen dort ſo blutig funkeln.
Denn blutig iſt lebendige Natur.
So darf ich zweifeln nicht: In deinem Kelch
Wohnt Leben, Kraft, Geſundheit, und darum
An meine Lippen — blaſſer, ſtiller Freund!
(Hat mit den letzten Worten ſchnell nach dem ſilbernen Becher gegriffen
und daraus getrunken.)

Sigismondo

(mit Bewegung unwillkürlichen Schreckens und größten
Erſtaunens).

Du trinkſt den Tod! ... Und weißt es! — Wer verriet? ...

Poliſſena.

Laß mich's bewahren. — Zeitlos bin ich jetzt,
Drum geiz' ich mit den Worten. Nur das eine
Vernimm: Ich liebte dich! und ſo beſchaffen
Iſt dieſes Herz, daß es zurück nicht gibt,
Was ruht auf ſeinem Grund. — — O! mein Gemahl!
Ein dunkles Bild ſtehſt du vor mir, entſtellt.
Doch hinterm Dämmerſchwarz erlogner Farben
Weiß ich die einſt geliebten edeln Züge
Des freudigen Gefährten meiner Jugend,
Weiß ich ein Antlitz, das die Hand des Künſtlers
In guten Formen ſchuf. Wohl werd' ich's lebend
Nicht ſchauen mehr befreit von ſeinen Schatten;
Doch kauf' ich's mir zurück durch meinen Tod.

Wenn dir Polissena, die arme, nicht mehr
Im Weg ist, wenn von ihr ein Seufzer nur
Durch diese Hallen zittert, leise schluchzend,
Das Lied der ew'gen Lieb' und ew'gen Treu, —
Dann kehrt mir wieder dein verirrter Geist . . .
(Greift nach ihrem Herzen.)
Wie mich jetzt faßt die Bitterkeit des Kelches,
So faßt sie dich alsdann, heiß kocht dir auf
Im Herzen Reu'. — Leb wohl! — Nun geh' ich sterben.
(Ab, in ihr Gemach.)

Sigismondo
(wie aus einer Erstarrung erwachend).

Was war das? Wie? Bin ich hier Sieger nicht?
Führt' ich hinaus dies Werk nach meinem Sinn,
Um, da es voll gelang, erst zu ermessen,
Wie gänzlich es mißlang? — Sie trank den Becher,
Der ihr bestimmt war. Doch sie wählt' ihn wissend.
Mich sah mit Mord sie auf der Lauer stehn
Und schritt an mir vorbei erhobnen Hauptes
Zum Altar ihrer Gottheit, Priesterin
Zugleich und Opfer, wandelnd meinen Anschlag
Zur Heil'genglorie sich. — Ich bin betrogen.
Wer ihr's verriet? Nur einer wußte drum,
Basinio . . . Gleichviel! — Sie darf nicht sterben!
Ihr Tod erniedrigt mich. Ob Rettung noch
Des Arztes Kunst gelingt? Zu Bertinoro!
(Will abgehen.)

Katais Stimme (im Gemach rechts).
O! liebste Herrin! nein! nein! sterbt noch nicht!
O! jammervolles Leid! . . . Sie ist dahin.

Sigismondo (horchend und zurückkehrend).
Das klingt wie Totenklage! — Wär's zu spät?
(Will in das Gemach rechts.)

Zwölfter Auftritt.

Katai.

Ach! ach! grausame, schreckensvolle That!

Sigismondo (rauh).

Was schreist du auf? — —

Katai.

Schrie ich? — Schreit draußen nicht
Im weiten Wogengraus der Meeresgott,
Und bietet auf sein ehrlich Wasservolk,
Dies Haus des Fluchs zu tilgen?

Sigismondo.

Rasest du?

Katai.

Weil ich, den Tod nicht scheuend, „Mörder" dich,
„Verruchten Mörder!" nenne? — Hast den Tod
Doch selbst du liebenswert gemacht. — Hinein!
Sieh, wie er sich auf Lilien gebettet.

Sigismondo

(ohne sie weiter zu beachten, geht ins Gemach rechts).

Katai (allein).

O! Tod, wie lockt mich deine dunkle Pforte,
Seit aus der Finsternis des schwarzen Bogens
Dies weiße flatternde Gewand mir winkt!
Ja, süße Herrin, bald, bald folg' ich dir.
Doch erst zum Markt hinab, ob Rimini
Ich wecke! — Wär' ich doch gleich jenem Erzschild,
Dem dröhnenden, der in der fernen Heimat

Mit seinem Donner oft aus ihren Zelten
Die Krieger rief! Wär' ich der Sturm, der heulend
Zum Flammenmeer die dürre Steppe wandelt!
O! schwache Weibeszunge, solchen Mord
Hinauszuschreien in die taube Nacht!
(Schnell ab durch die Mittelthür.)

Dreizehnter Auftritt.

Sigismondo (aus dem Gemache kommend).

Sie kehrt nicht mehr zurück und zwingt mich so
— Wie Tote nur so unerbittlich zwingen —,
Dies nun als ein Geschehnis hinzunehmen,
Das feststeht, unverrückbar, ewig fest.

———

So wollt' ich's nicht. — Und darum haftet jetzt
Ein Pfeil mir irgendwo und brennt, wie ähnlich
Ich's schon erfuhr im Schlachtgewühl.
                           Doch hemmte
Die Wunde nie mein siegreich Vorwärtsstürmen!
Auch diese soll es nicht. Mein eigner Arzt,
Will ich sie nähen mit derselben Nadel,
Mit der die Schläferin da drin so künstlich
Die Fäden zog, bis fertig war das Garn,
Das mir der große Menschenfischer jetzt
Um Haupt und Schultern werfen möchte. — Nein!
Du schöne Tote hast zur Zwillingsschwester,
Zur häßlichen, dich selbst als Lebende.
Umsonst, du bleiche, schmerzliche Meduse,
Sucht dein gebrochner starrer Blick mein Herz.
Die Glorie deines Todes — sie erlischt
Im falschen Zwielicht deiner Lebenstage,
Und als ein Mann steh' ich zu meiner That.

———

Wo kam die Sklavin hin, die gelbe Aeffin,

Die hier vorhin so wild die Zähne fletschte?
Mehr weiß sie, als ihr frommt.

(Zur Mittelthür schreitend und in die Galerie hinausrufend.)

Wer ist im Vorsaal?

Vierzehnter Auftritt.

Brugnoli, mit einer versiegelten Brieftasche. **Der Vorige.**

Sigismondo.

Brugnoli, du?

Brugnoli.

Mit wicht'ger Botschaft, Herr!

Sigismondo.

Und kreuzte deinen Weg nicht die Mongolin,
Der Fürstin Magd?

Brugnoli.

Ich sah das Mädchen nicht.
Doch ist wohl möglich, daß sie mir vorbeiging,
Und ich's nicht inne ward. — Dies ist der Brief
Der Fürstin an den heil'gen Vater. Eben
Sandt' es Hauptmann Simone . . .

Sigismondo (mit Hast).

Schnell! gib her!

(Schneidet mit seinem Dolch die Schnüre durch, bricht die Siegel
und liest, während Brugnoli das Folgende spricht.)

Brugnoli.

Um die Verfolger aufzuhalten, warf
Porcellio die Mappe hin. Der Vorsprung,
Den er damit gewann — 's war bei Spoleto,
Dort, wo der alte röm'sche Aquädukt
Der Thalschlucht tiefen Abgrund überbrückt —,

Der kurze Vorsprung gab ihm Zeit, im Bergwald
Sich unsichtbar zu machen. Eremiten
Dort hausen, und Verdacht besteht, daß sie
Dem Flüchtling weiterhalfen. Doch Simone
Gibt's noch nicht auf. Inzwischen sandt' er her
Mit diesem Beutestück der Knappen einen ...
Doch ... Herr! Ihr schwankt ... was ist Euch?

Sigismondo (sich zu fassen suchend).

Nichts! — Hinab

Eil' in den Kerker! Ugolino! ... Schaff mir
Den Greis. Er ist unschuldig. Fort! Was stehst du?
(Brugnoli ab mit Zeichen der Verwunderung.)

Sigismondo.

Was ist dies? Spielt ein Stärkerer mit mir,
Wie mit wehrlosen Schlafenden oft spielt
Im Traum ein tück'scher Geist, ein höll'scher Kobold,
Der so mit Blendwerk ihren Sinn umstellt,
Daß sich verzerrt zu gräßlichen Gesichten
Die Wirklichkeit, und toller Spuk der Nacht
Sie hetzt, die doch nicht von der Stelle können?
(Die Brieftasche auf den Tisch werfend.)
Verdammtes Dokument! — Verdammendes! —
Mir um so schrecklicher, je mehr du lieblich
Wie eines Vogels ferner Nachtgesang.
(Den Brief wieder aufnehmend.)
O! sanfte, zarte Melodie! — Fürbitte
Wie einer Mutter Flehen; Klagen zwar,
Doch nicht Anklage. Stärkung nur begehrt sie
Vom Priester, mahnt ihn selbst noch zu Geduld,
Erinnert ihn an Zeiten, da das Schwert
Der Christenheit in meine Hand gelegt war,
Und wie ich's blitzend führte.
(Den Brief durchgehend.)
Fänd' ich irgend
Doch eine Spur, daß sie unehrlich Spiel

Mit frommen Worten treibt, daß sie den Priester
Nur rühren will zu desto größerm Haß,
Durch Selbstverleugnung Mitleid sich erschleichend,
Wie's liebt engbrüst'ge Tugend. Aber dann —
Warum dort drinnen läge sie so still?
Wag' ich's? Prüf' ich den Brief vor ihrem Antlitz?
(Will hinein.)
Doch halt! Wer kommt?

Fünfzehnter Auftritt.

Brugnoli zurück. Der Vorige.

Sigismondo.
Was blickst du so verstört?
Der alte Mann ..

Brugnoli.
Ist tot.

Sigismondo.
Ist tot? — Haha!
Schlich fort auf der geheimen Hintertreppe
Des Lebens, durch ein Pförtchen, das auf einmal
An meinem Hof beliebt wird?

Brugnoli.
Ich weiß nicht ...

Sigismondo.
Ganz wohl. Du weißt noch nichts. — Wenn dort hinein
Du blicktest, wüßtest mehr du.
Unsre Fürstin
Hat uns verlassen. Und im Einverständnis
Mit ihr legt' auch der Greis Hand an sich selbst.

Brugnoli (erschüttert).
Die Fürstin tot?

Sigismondo.
Still! Still! Sie wollte schlafen
Wie dieser lebenssatte Greis.

Brugnoli.
O! sagt
Das nicht, mein Fürst! — Denn unter Henkersgriffen
Starb Ugolino. Auf der Folter that
Den letzten Atemzug sein müder Leib.

Sigismondo.
Wie? Noch ein neuer Teufel, der mich angrinst?
Wer that's?

Brugnoli.
Basinio.

Sigismondo.
Wer hieß es ihn?

Brugnoli.
Er spricht: Ihr selbst.

Sigismondo (wütend).
Vor meinem Angesicht
Soll er mir's wiederholen.

Brugnoli.
Herr, ihn schreckt' es,
Daß Ihr unschuldig nun den Mann erfunden,
Der unter seinen Händen starb. Er wagt nicht,
Vor Euch zu treten.

Sigismondo.
Und da thut er recht.
Denn an die Wand spießt' ich mit eigner Klinge

Den Affen meiner selbst. Wie? Taucht der Bube
Die Feder, wenn er Madrigale schreibt,
In seiner Feinde Herzblut? Will der Schakal
Des Löwen Jagdrecht schmälern? — Höllenfeuer!
Ich bring' ihn um! —

       Doch auf der stillen Straße,
Der sonnenlosen, ziehen jetzt dahin
Zwei Pilgerseelen, die zu vornehm sind,
Als daß sich solch ein Wandrer zugeselle.
Ihn straf' ich mit dem Leben. — Wie im Frühling
Ein Haufe Schnee am Weg in wüstem Schlamm
Allmählich schmilzt, getreten oft mit Füßen,
So schwind' er hin; wie eine Spinne sterb' er,
Die endlos aus dem eignen Leibe zieht
Den Faden, den sie spannt in staub'gen Winkeln,
Bis mit dem Vorrat ihrer Bosheit sie
Auch ihre Lebenskraft erschöpfte ... — Jetzt
Hinaus ins Feld! Hier geht mein Atem schwer.
Doch wo der Sturm der Schlacht die Banner peitscht,
Verjüngt sich mein Gemüt. Und mut'ge Jugend,
Wie frohe Tänzer, schreitet mir zur Seite.
Antonio ...

Brugnoli.
Antonio!

Sigismondo.
Wie seltsam
Des Jünglings Namen du vom Mund mir nimmst.

Brugnoli.
So wißt Ihr's nicht? War Conti noch nicht hier?
Doch eben naht er dort. Mag er's verkünden.

    (Brugnoli ab, während Conti, ihm begegnend, eintritt.)

Sechzehnter Auftritt.

Conti. Sigismondo, ohne Brugnoli.

Sigismondo (Conti entgegen).

Dein Antlitz ist ein Buch voll Neuigkeiten;
Doch eine Seite schlag' ich auf zuerst:
Was ist es mit Antonio? Sei kurz.

Conti.

O! Herr, soll Euer Ohr ich überfallen,
Wie er das edle Mädchen überfiel,
Borbonas Nichte?

Sigismondo.

Hüte wohl den Hauch
Des Mundes! Ueber meinen Garten fährt er,
Wo Blumen stehn, die mit den Wurzeln reichen
Bis in mein Herz hinab.

Conti.

Ich weiß es, Herr!
Doch nicht mein Atem tötet diese Blumen.
Nur freilich weckt er auch die Tote nicht.

Sigismondo.

Die Tote! — — Wer noch starb? — Ist unersättlich
Der Herr dort unten?

Conti.

Ermelinda starb,
Fiel durch Antonios Hand, durch feigen Mord.

Sigismondo.

Durch Mord! — Ist denn die Hölle los? — Ermordet
Das morgenschöne Götterkind! — Und er!

Conti.

Hört alles nur. Heut' früh geschah's. Sie hatt'
Im Dom gebeichtet — Sünden, denk' ich, leicht
Wie Flaum, mit dem im Frühling kleine Schwalben
Ihr lindes Nest sich polstern. — Nun ritt sie
Nach ihres Oheims Landhaus vor dem Thor.
Vier Knechte folgten. Bei Le Camminate
Im Hohlweg aber auf der Lauer lag
Antonio mit verwegnen Spießgesellen.
Die Schöne zu entführen war sein Anschlag.
Doch, als er nun wie Wetterstrahl hervorbrach,
Geschah's, daß vor dem Ansturm seines Rosses
Die Reiterin samt ihrem Tier zu Fall kam.
Und nun ein kurzer Kampf verruchter Gier
Mit zorn'ger Scham, die sich so heldenmütig,
So unbezwingbar wehrte, daß zuletzt
Umschlug die Brunst in Wut der Raserei
Und er sie tötete! Zertreten liegt,
Zerstampft im Staub ein Kleinod ohnegleichen.
Dem rauhsten Troßknecht, wenn er scheu berichtet,
Was dort geschehn, zuckt Ekel um den Mund,
Und in die Stirn steigt ihm die Flammenröte,
Wenn er bedenkt, daß für zu schlecht sein Blut gilt,
Es einzusetzen gegen eines solchen
Hochedlen Ritters Blut!

Sigismondo.

O! schweig! — o! schweig!
Du weißt nicht, wen du peitschest mit der Zunge!
Wohl fluch' ich dem unbänd'gen jungen Wolf,
Der in so blühend Fleisch den Mordzahn schlug.
Doch hegt' ich selbst in meinem Zwinger ihn,
Nährt' ihn mit Blut von früher Jugend auf;
Und weiß ich denn, ob er in heißer Gier
Mir nicht vorschnell entriß, was schon vielleicht —
Sei's auch im Wunsch nur —— meine Beute war?

Du schauderst? Wohl. So denk, ich sprech' im Fieber.
Fürwahr! wie Blutdunst steigt es mir zu Haupte.
Gibt's keinen Zephyr, der mit sanftem Fächeln
Die Glut mir lindert?... Wie? Und frag' ich noch?
Konnt' ihrer ich so lang vergessen, ihrer,
Für die ich alles that und alles leide?
Mein guter Conti, eil! ruf sie herbei! —
Thu nicht, als wüßtest du nicht, wen ich meine.
Was hielt sie nur solange fern von mir?

Conti (zaghaft).

Ist es Isotta degli Atti, Herr?

Sigismondo.

Isotta Malatesta heißt fortan sie.

Conti.

Verzeiht — sie ist nicht mehr in Rimini.
Verwandten in Cesena durfte sie
Den längst verheißenen Besuch nicht weigern.
Dies Euch zu melden, sandte sie mich her.

Sigismondo.

Das ist das Letzte! — Das nur fehlte noch.
„Fort zu Besuch". — Beileibe keine Flucht!
Nur in Cesena bei den Vettern, sicher
Dort abzuwarten, ob ihr starker Freund
Auch diesen rauhen Tag siegreich besteht.
Und dann — mit einem Lächeln, strahlender
Als je zuvor, kehrt sie zurück. — O Weib!
An Klugheit wie an Schönheit unvergleichlich!
Du rechnest gut. So kommt's. Dieselben Waffen
Führst du wie ich, und das verknüpft uns ewig.

————————————

Zwar — schlüge noch das Herz voll Lieb' und Treue,
Das still nun steht, von keiner warmen Welle
Des Lebens mehr gegrüßt, nicht Leid noch Lust

Mehr pochend — schlüg' es noch, dies arme Herz,
Das reiche Schätze barg, die ich verschmähte,
Vielleicht dann dächt' ich anders. — Ja — gewiß!
Dann stieß' ich um die bacchische Amphora,
Aus der wir — zwei begier'ge Schlangen — schlürfen
Dieselbe Labe zwar, doch einsam jede
In ihrem kalten Schuppenkleid. Mich ekelt ...
  (Lärm hinter der Scene, Klirren von Waffen, eine Alarmglocke.)
Horch! Was ist das?

Conti.
Des Aufruhrs Glockenzeichen!

Siebenzehnter Auftritt.

Die Vorigen. Brugnoli in großer Eile. Bald darauf **Katai** und **Bertinoro** an der Spitze einer bewaffneten Menge.

Brugnoli.
Fürst! rette dich! Dein Leben wollen sie.
Am Marktplatz vor der Säule Cäsars rief
Das morgenländ'sche Mädchen gellend: „Mord!"
„Die gute Fürstin liegt im Schloß ermordet!"
            (Schreckensgebärde Contis.)
Und wie sie's rief, da kam ein Widerhall
Fernher vom Thor; vergoss'nen Blutes Stimme
Schrie dort auch auf. Jetzt aus den Lüften klagt'
Ein schriller Ton: „Sucht in des Turmes Tiefen
Den blassen, hingestreckten Greis. Sucht! Sucht!"
So einten schaurig in der Finsternis
Der Nacht die Stimmen sich, die unbekannten.
Darüber schwollen Gassen an zu Flüssen
Und gossen ihren Inhalt in das Meer,
Das auf dem weiten Platze brandend wuchs.
Weh! Dieses Meers Poseidon ist ein Mann,
Der des Kastells geheimen Zugang kennt.

Dein Arzt! Ja! Bertinoro führt die Meutrer!
Sie sind im Schloß, die Wachen überwältigt.
Ha — da! sieh selbst! —

Conti.

O! rette dich mit uns!

(Ab mit Brugnoli beim Sichtbarwerden der eindringenden Aufrührer.
In der Mitte des Hintergrundes der Scene erscheinen Bertinoro
und Katai mit nachdrängendem bewaffneten Volk.)

Katai.

Dort steht der Mörder!

Bertinoro.

O! du einst mein Abgott!

War dir bekannt nicht, wenn die Sonn' erlischt,
Daß Millionen Augen lichtlos werden?
So, wenn ein Mann, den groß und schön wir glaubten,
Sich schlecht erweist, stirbt er nicht einen Tod,
In allen Herzen stirbt er, die ihn hegen,
Und bricht entzwei Vertrauen, Lieb' und Treu.

(Mit wütendem Schmerz auf ihn eindringend.)

In Scherben mit dem prahlerischen Kelch,
Der einen Göttertrank zu bergen schien
Und gift'ger Galle voll war bis zum Rand.

(Hausklingel, elektrische, hinter der Scene, wie im ersten Akt.)

Sigismondo (den Schall erfassend).

Halt! — Hört ihr das? ... Die Glocke muß ich kennen,
Weiß ich auch eben nicht, woher sie tönt.
Doch, da sie anschlug, endet eure Macht.
Das ist wie Lerchenzwitschern kurz vor Tag
Da fliegt zu Nest der Eulen Larvenvolk,
Zu Lager schleicht der scheue Wolf.

(Zu Bertinoro).

Gib auf,

Du alter Zauberer, dein Gaukelspiel.

— Dort, wo die Glocke tönt — wüßt' ich nur, wo! —
Dort liegt ein Mann und schläft, und wenn vielleicht
Die Diele knarrt, so dünkt ihn, Mörder schleichen
Mit weiten Schritten auf sein Lager zu.
Doch dann — o! liebe Glocke, noch einmal! —
Dann weiß er, daß dies alles nur ein Spuk.
So ich und ihr —

(Schreitet auf sie los.)

Ihr haltet mir nicht stand.

(Die seit dem Glockenzeichen gleichsam erstarrte Schar mit Bertinoro und Matai an der Spitze zieht sich vor dem auf sie Zu-
schreitenden langsam und unhörbar in den Hintergrund zurück.)

Sigismondo.

Seht, wie ihr weicht, will ich euch ernstlich fassen.
So wallen Nebelflocken und zerfließen,
Wenn Frührot flammt im Osten . . .

(Während den letzten Worten hat ein Nebelschleier die Gruppe
der Aufrührer unsichtbar gemacht; zugleich wird es dunkel auf der
Bühne.)

Sigismondo.

Sie sind weg. —
O! scheucht' ich so hier innen auch den Feind!
Doch den zu bannen find' ich nicht das Wort.
Verspielt hab' ich. — Von allen den Geschöpfen,
Die ich an's Licht hob, die durch mich nur lebten,
Bin ich verraten gänzlich und verlassen.
Treue hielt keins. — Das einz'ge treue Herz
Zerdrückt' ich in der harten Faust und meint'
Ein Held zu sein, indem ich's that. — Ein Held!
O! jammervolles Heldentum!

(Auf die Thür nach Polissenas Gemächern weisend.)

Dort drinnen,
Dort liegt — gemordet — wahre Heldengröße.
Zu spät erkenn' ich sie. — O! du mein Weib!
Jetzt faßt die Bitterkeit mich deines Kelches,

Jetzt seufzt dein schluchzend Lied von ew'ger Treu
Und ew'ger Liebe durch die hohe Halle,
Und dieses prahlerische Haus faßt nicht
Den armen, leisen Seufzer, er zersprengt es;
Der falschen Göttin Ehrensäulen stürzen,
Und mir versinkt die Welt.

(Um sich blickend.)

Nacht! Einsamkeit!

Wie eine Seele, die des Leibes ledig,
Wall' ich und kenne nicht den dunkeln Pfad.

(Rufend.)

Ist niemand hier? — —

Stimme (Johannas links hinter dem Nebelschleier).

Erwache!

Sigismondo (außer sich).

Was war das?

Wie?   Riefst du dort? — Und liegst da drinnen doch
Mit mondlichtblassen Wangen, still, ganz still.
So war's dein sel'ger Geist, dem Leib entflohn,
Der so mir rief ... Und sprachst: „Erwache"? ...

Stimme (wie oben).

Erwache!

Sigismondo.

Wie? Noch einmal? — O! Musik! —

Du süßer Sang aus einer sanftern Welt!
    — „Erwache!" — — —
Und, wenn ich dort erwachte, wo du bist,
Fänd' ich dich dort? — Dann möcht' ich wohl erwachen!
Von Stern zu Stern flög' ich und blickt' hinein,
Ob keiner meines Vögleins Nest. — Doch — ach!
Was hülf's? — Du wendetest dich ab von mir — —

Stimme (wie oben).

Erwache, liebster Mann!

Sigismondo (mit freudigem Schreck).

Zum drittenmal!
Und mit der Liebe Gruß! — Jetzt hält mich nichts
In dieser Scheinwelt mehr zurück.   Den Erdball
Wie mit dem Fuß stoß' ich von mir und folge
Dir, meine reine, sel'ge Herrin.
(Zieht einen Dolch und tritt zunächst der Stelle, von wo die
Stimme tönte.)

Hier! . . .
Hier schwebtest du; hier riefst du mich.   Hier zahl' ich
Den Kaufpreis einer Welt, dich zu gewinnen.
Ah! (Durchsticht sich.)

Verwandlung.

Bei vollständiger Dunkelheit und unter starkem Donner hat sich —
bei offener Scene — die Malatestahalle in den Salon des ersten
Aufzugs verwandelt. — Sobald die Lampe auf dem Tisch rechts
aufglüht, wird auch die Scene ganz hell und man erblickt auf dem
Lager, wie im ersten Aufzug, den schlafenden Robert Pfeil (im
Malatestakostüm); der Dolch, seiner Hand entglitten, liegt neben
dem Diwan auf dem Teppich.

Achtzehnter Auftritt.

Durch die Mittelthür treten ein Johanna und Dr. Lossen, erstere
im Polissenakostüm des dritten Aufzugs, mit übergeworfenem Schleier-
tuch, in der Hand die seidene Halbmaske; beides legt sie in der
Folge ab. — Robert in unruhigem Schlaf.

Johanna
(hat schon unter der Thür die ersten Worte gesprochen und eilt an
Roberts Lager).

Erwache, liebster Mann!   Schon auf dem Weg
hierher rief dir mein Herz es zu; ich meinte, du hättest
es aus der Ferne hören müssen; jetzt thu' ich's wirklich:
Erwache!

Ach! Bruder! sieh nur! er regt sich zwar, aber die Augen bleiben geschlossen.

Du hättest das doch nicht thun sollen.

Dr. Lossen
(sich einen Moment über den Schlafenden beugend).

Nur keine Sorge, Schwesterchen; er wird sogleich zu sich kommen. (Nach der Mitte des Zimmers schreitend.) Ein Gewaltstreich war's ja allerdings. Aber er hat auch Früchte getragen! weit über Erwarten! — Daß die Baronin aus lauter Pikiertheit über Roberts Fernbleiben noch auf dem Fest ihre Verlobung mit Doktor Försterling proklamieren würde — wer konnte das vermuten! (Reibt sich zufrieden die Hände.)

Johanna (nur mit ihrem Gatten beschäftigt).

Robert! hörst du mich nicht?

Robert (auffahrend).

Deine Stimme!

Johanna.

Endlich! Du kommst zu dir!

Robert.

Und nicht die Stimme allein? Dein Arm! Dein Umschlingen! — Du lebst?

Johanna (verwundert).

Wie sollt' ich nicht? (Lächelt ihm zu.)

Robert
(um sich schauend, erst jetzt die gewohnte Umgebung erkennend und die Rückkehr in dieselbe wie ein Wunder empfindend).

Das alles — — dieses Entsetzliche — träumte ich nur? — — — (Aufspringend.) O! dann — dann ist ja alles, alles gut! (Mit Entzücken Johanna betrachtend.) Halte mich nicht für närrisch, Johanna. Ich wage dich kaum

anzufassen. (Ergreift dabei ihre beiden Hände.) Wunderbar!
Wunderbar! — O! könnt' ich dir nur sagen, wie sehr
du mir neugeschenkt bist. Und so ich dir!
(Läßt ihre Hände los, ruht aber mit den Blicken in ihren Augen;
sie lächelt ihm innig zu.)

Dr. Lossen (hinzutretend).

Nun, Schwager, offen gestanden: neugeschenkt ist sie
dir wirklich, mehr, als es dir vielleicht träumen mochte.
(Verstummt auf ein abwehrendes Zeichen Johannas.)

Robert (ihn fixirend).

Du, richtig, du! (Mit erhobenem Finger.) In deiner
„Aegyptischen" war wohl ein Pulver aus alten Pharaonen=
grüften?

Dr. Lossen.

Ungefähr so was. Bist du mir böse?

Robert
(mit einem Blick nach der Stutzuhr auf dem Kamin).

Weil du mich das Maskenfest hier abhalten ließest?
Nun! lebhaft genug ist's darauf zugegangen, und zürnen
möchte ich dir wohl darob. Wenn du nur nicht, indem
du meine Augen schlossest, sie so wunderbar aufgethan
hättest. Du ahnst gar nicht, wie! (Reicht ihm die Hand.)

Dr. Lossen.

Das ahn' ich wirklich nicht.

Robert.

Sollst's auch zur Strafe nie erfahren. Denn etwas
Strafe hast du mit deinen Hexenkünsten immerhin ver=
wirkt. (Auf Johanna deutend.) Ihr aber sag' ich's jetzt.

Dr. Lossen (sich zum Gehen wendend).

Ich versteh'. — Doch, Kinder, als Hof= und Leib=
medikus ... (auf ihre Kostüme deutend) ... von Fürst und

Fürstin Malatesta von Rimini darf ich euch in dieser
frühen Stunde wohl den Rat geben: Macht's kurz! —
Also: gute Nacht oder — guten Morgen! (Ab.)

Letzter Auftritt.

Robert. Johanna.

Robert (Rossens letztes Wort aufnehmend).

„Guten Morgen"! Ja, das sei unsre Losung, Jo=
hanna. Eine Nacht liegt hinter mir, die mich ein ganzes
Leben dünkt. O! wenn du wüßtest, mit welchen Bildern
und Gesichten Zauberin Phantasie mich äffte! — Durch
Gift, das ich dir reichte, gingst du mir verloren.

Johanna (betroffen).

Durch Gift! — Seltsam. (Zieht das Fläschchen hervor.)
Zwischen uns darf keine Verstellung sein. — Da! —
Was ich wog als letzte Waffe wider bittres Weh — mit
Beschämung leg' ich's in deine Hand.

Robert (das Fläschchen haltend, überwältigt).

Also doch alles Wahrheit! — Alle Wirklichkeit nicht
wirklicher als ein Traum! —

Johanna.

Verzeih, daß ich an deiner Liebe einen Augenblick
verzweifeln konnte, daß mir's war, als ob du selbst den
Becher mit dem Todestrank mir zuschöbest.

Robert (für sich).

Den Becher! Den Becher!

Johanna.

Wenn ich gesehen hätte — auf dem Fest, das ich in
diesem Kleide der Freundin besuchte, — daß jene andre ...

Robert.

Nichts mehr von ihr . . .

Johanna (fortfahrend).

. . . dich wirklich beglücke, daß ich der Schatten, sie die Sonne deines Lebens sei, dann wäre der bleiche Schatten hinabgeglitten zu seinesgleichen.

Robert (von starker Traumerinnerung erfaßt).

O! ich sah ihn, ich sah ihn hinabgleiten! — — Du Einzige! Wie konnt' ich, wachend und träumend gleich blind, die Größe deiner Heldenseele verkennen! — Schwatzte da von Heldenstärke, die höher sei als alle Tugend. Aber nur ein wahres menschliches Heldentum gibt's: das im Grund eines guten Herzens wurzelt! Und neben mir wuchs es, neben mir steht es, ein schöner schlanker Baum. Sieghaftes, einzig geliebtes Weib! Kannst du meine Verblendung mir verzeihn?

Johanna
(in seinen Armen, während erster Morgenschein das Gemach rosig färbt).

Liebster Mann! — (Eilt zum Fenster und öffnet es.) Sieh dort, der junge Morgen! — Das falsche Dämmerlicht fließt auseinander. Nun gilt wieder Tag und Nacht —

Robert (einfallend).

Und Gut und Böse, scharf geschieden vor jedem klaren Sonnenblick.

Johanna.

Und nicht mehr in die Nacht geschaut. Wir haben die Sonne wieder und das Glück!

(Indem sie Robert die Hand reicht, fällt der Vorhang.)

Ende.

———oo✕oo———

www.ingramcontent.com/pod-product-compliance
Lightning Source LLC
Chambersburg PA
CBHW021124020726
47500CB00003B/911

9 783743 643888